老《ろう》耄《もう》の謀《む》叛《ほん》

蘭亭序草稿異聞

土屋 伸
TSUCHIYA Shin

文芸社

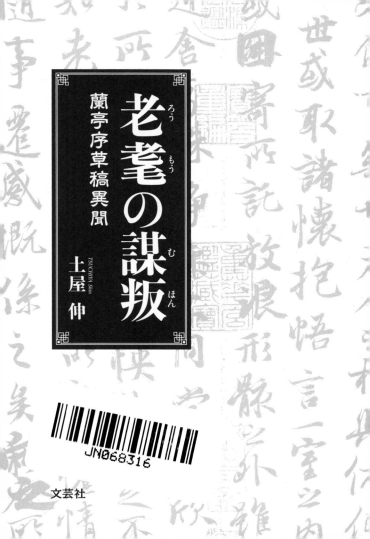

目次

主な登場人物

欧陽詢（字は信本）……隋で太常博士に任ぜられ、唐で弘文館学士、渤海男に封ぜられた。初唐三大書家の一人。

虞世南（伯施）……隋で秘書楼郎に任ぜられ、唐で弘文館学士、のちに秘書監。初唐三大書家の一人。

褚　亮（希明）……陳で尚書省中侍郎、隋で太常博士に任ぜられ、唐で弘文館学士、陽翟県男に封ぜられた。

褚遂良（登善）……褚亮の子。唐の秘書郎として任ぜられ、のちに三代皇帝高宗の下で重鎮に列する。初唐三大書家の一人。

太宗（李世民）……唐二代皇帝。その治世は「貞観の治」といわれ、安定した。

江　総（総持）……南朝陳の最後の皇帝後主の皇太子時代からの側近。欧陽詢の庇護者。

王羲之……東晋の文人政治家。会稽内史を辞したのち、その地に留まり隠遁。右軍将軍の官職から王右軍とも別称された。後の世に書聖として崇められる。

智　永……王羲之七世の孫。越州永欣寺住持。
魏　徴……皇太子李建成の側近。玄武門の変後太宗李世民に仕える。直言の士として知られ、のちに門下侍中。貞観の治に貢献。
鍾　恭……江家の執事。のちに欧陽家の執事。山岳民族瑶族出身。

その時代

三世紀後半の中国は、三国時代の魏を受け継いだ晋（西晋）が、呉を破ってほぼ統一された。しかし、帝位をめぐる一族の争いのなか、遊牧諸民族が各地で蜂起。晋は一旦滅ぶ。

その後、華北では遊牧民族を中心とする政権が興亡したが、北魏が統一。その北魏も分裂し、それ以降、五王朝が交替する（北朝）。

一方、江南では晋が復興（東晋）したが、宋に滅ぼされ、その後、斉《せい》（南斉）、梁、陳の各王朝が短期間に興亡した（南朝）。この時代を南北朝と称する。

物語はこの南北朝末期、南朝の陳で始まる。

老耄の謀叛

一　日陰の学徒

南朝陳《ちん》の都建康（現在の南京）の春は、桜桃の花とともに一気に訪れる。四代皇帝宣帝の治世、太建十三年（五八一）の春も先年と同じように穏やかに訪れた。

江総《こうそう》の屋敷の桜桃は、都城の中でもとりわけ見事な花の姿を見せていた。桜桃の花が盛りの頃、江総は皇太子陳叔宝《ちんしゅくほう》を招いて宴を催すことが、ここ数年の恒例だった。江総、字は総持《そうじ》。皇太子の側近中の側近である。

宵が深まり、歌舞音曲の華やかな宴が一段落すると、招待客は桜桃が咲き誇る庭に設えた桟敷に移り、身体を横たえ、しばし酔いを醒ます。

しばらくすると、弦の音が静かに流れはじめ、薄絹を纏った舞姫たちがゆったりと舞う。皇太子はおもむろに立ち上がり、即興の詩歌を口ずさみ、江総がそれに唱和する。皇太子はこの詩歌の宴を特に好んだ。

宴席に限らず、何かにつけ、臆することなく皇太子に侍る江総は、都城内で狎客《こうかく》、太鼓持ちと陰口どころか、あからさまに叩かれていた。

宴の数日ののち、風雨とともに桜桃の花は散り、花弁は土にこともなくまみれ吹き寄せられる。

一人の若者が遠慮もせず車門を通ると、花弁の無残なさまに感慨深げな様子を見せ、そぞろ歩く。若者はこの時期の庭を歩くことを好んだ。実はこの無残さを好む、と言ったのは江総本人だった。南朝の行く末を目の当たりにするようだ、江総は笑みを浮かべ、若者に語った。

若者の名は褚亮《ちょりょう》、字は希明。杭州の生まれで、この時は二十一歳。のちに隋朝に登用されるが、隋朝滅亡後の統一戦争時に唐の李世民《りせいみん》に仕える。李世民が皇帝に即位すると弘文館学士となり、唐朝の高官に列し、侯の爵位を賜る。初唐の三大書家の一人褚遂良《ちょすいりょう》の父親となる人物である。

この日、褚亮は江総の留守を承知で屋敷を訪ねた。奥まった離れの部屋で起居している人物を江総の許しも得ずに訪ねるためだった。

褚亮は甚だ礼を欠く行為と思いながら、部屋の扉を敲いた。

すぐにも、張りのある声が応えた。返事がないか、あってもくぐもった小さな声だと勝手に思っていたが、予想に反した。

褚亮は陳の文人政治家、尚書左僕射《しょうしょさぼくや》であった徐陵《じょりょう》にその博識と文才を認められ、この時は、陳朝の若手有望官僚として出世の階梯を上っていた。

褚亮は江総の屋敷によく出入りしていた。江総は褚亮の文才を愛で、よく屋敷に招いた。褚亮が師と仰ぐ徐陵は、江総もまた詩作の師としていた。艶詩の名手としてもてはやされた江総の艶やかで麗しい詩風は、徐陵の影響が大であった。

褚亮が江総の屋敷に出入りするようになって、時折江総の書房に通じる回廊で気にかかる人物と行き交うことがあった。その人は、頭を深く下げ歩を譲り、目を合わすことはなかった。食客の一人と思ったが、何度も出会ううちに、単なる食客ではなさそうだと思った。小柄で、特異な風貌からかなり歳を経ているように見えたが、もちろん中年の域には至っていない。若者である。

褚亮が、その人と是非言葉を交わしたいと江総に言うと、あやつはあの歳になっても人見知りが激しい男で、話をしても面白くも、楽しくもない、と江総は笑って言った。いつもだったら、物好き同士が取り留めもない話をするのも一興、と面白がって言うが、江総らしくない返事だった。

江総からやんわりと断られると、褚亮はますます言葉を交わしたいと思うようになった。江総に招かれなくとも、何かと理由をつけて、屋敷に足繁く通うようになった。江総との会話で、それとなくその人の話に持っていくと、その人物の才能の数々が江総の口から出た。吹聴するつもりの意図はなく、洩れ出るというものだった。常日頃の江総の態度からかけ離れた慎重そのものの態度に、褚亮はその人への思いを募らせた。

師の徐陵が江総を評して言ったことがある。

「鬱々たる冬景色に一輪の桃李を粧うように美女を配し、その艶やかさを際立たせる詩風は、計算された技巧だ。あやつの軽佻浮薄な生き方も、計算されたものだ。私には計り知れんがな」

人の悪口を言うことも揶揄することもない、慎しみ深い師の言葉とは思えない、突き放した苦々しい物言いだった。

「私は褚亮、字は希明と申します。是非、言葉を交わしたく、非礼を顧みず、伺いました」

声が上ずっていた。自分はかなり緊張していると、思った。お入りください、と言う声とともに、すぐに扉が開いた。ためらいがちな返事とともに、開くのにしばし間があると思っていたが当てが外れた。その人の表情は柔らかく、影はなかった。自分勝手な想像に、亮は恥じた。

二人はぎこちない態度で、初対面の挨拶をした。亮は許しも得ずに、突然の来訪を長々と詫びた。

「いずれ希明さまがお訪ねになることは、総持さまから伺っております。失礼のないようにと承っております」

訥々とした語り口に、人と話すことに不慣れな感じが亮には見受けられた。

褚亮と欧陽詢《おうようじゅん》との終生の友となる初めの日だった。

欧陽詢、字は信本《しんぽん》。江南の潭州臨湘《たんしゅうりんしょう》の生まれ。この時、褚亮より三つ年上の二十四歳だった。後に唐朝の弘文館学士の一人となり、書法を教授した。初唐の三大書家の一人で、書体八種ことごとくの第一人者といわれた。

「総持さまは、私の行動を見越しておられたのですね。恥じ入ります」

「私も希明さまのことを聞き、話を伺いたいと思っていました」

如才ない物言いが不釣り合いに聞こえたが、ぎこちなさは変わらなかった。相手を慮っての言葉と褚亮は解した。

「さま付けは、おやめください。私のほうが若輩の身です。恐れ多いです」

「総持さまから、希明さまは宮廷で役職を得ている方、粗相があってはならないと言いつかっております」

総持さまは自分がいずれ信本殿を訪ねると見越しておられた、と褚亮は心の中で苦笑した。

こぢんまりした部屋だった。大きな書卓が目に入った。巻かれた紙が広げられ、細かい字がびっしりと書き連ねてあった。その脇の書棚の中段には巻子本《かんすぼん》が置かれてあった。ざっと見て二十数巻、多いとは言えなかった。ただ、書棚の上段、下段には、装丁もされず造作なく巻かれた紙が、数十はあった。

褚亮は、興味ある表情を示すと、欧陽詢は、仏経典の写しです、総持さまに典籍をお借りし、写しております、と言うと、はにかんだ表情を見せた。褚亮には十代の向学心に燃える若者のように見えた。

それからの会話は、褚亮が質問し、欧陽詢が答えるというように進んだ。ただ、答えは立て板に水とは程遠く、訥々として絞りだすようだった。不確かと思われることは考え考え、自問しながら答えようとし、誤魔化したり、解ったような物言いで流したりすることはなかった。

褚亮は欧陽詢の知識への正確さを求める態度と誠実に答えようとする態度に、同じ学ぶ者として強い共感を覚えた。

さらにその博識の豊かさとその領域の広さは目を見張るものがあった。儒書の知識理解は当然のこととはいえ、老荘周易、仏典にまで及ぶ分野の広さに、褚亮は予想していたとはいえ、驚きだった。

驚きはそれだけではなかった。地理山水、鳥獣虫草木の自然、衣食住という日常生活へとその興味の範囲は留まることを知らなかった。

後日、褚亮は初対面の印象を興奮気味に江総に話すと、江総は、魅せられたな、とにやりと笑みを浮かべ、言った。

褚亮が、いずれは天下国家のためにその博識が役立つときが来ましょう、と言うと、

「およそ学問は手段として学べば、底は浅いもの。奥義を究めるにはそれ自体が目的

になることだ」

　褚亮は怪訝な表情を浮かべた。江総は続けた。

「学問は学ぶこと自体に、真の道理がある」

「総持さま、春秋戦国の世からこの方、天下国家の安寧を目的として、諸子の学問がありました。それなくして学問の意味はないと思います」

「確かに、そなたの言うのはもっともなことだ。ただ、それによって学問は権力に追随し、利用された」

「お言葉を返すようですが、学びは国益を牽引し、天下を安寧に導きます。そうでなくては学問とはいえません。書房の内の学問は自己満足に過ぎません」

「詢は学問を好んでいる。知を愛していると言ってもよい。真の道理を究めようとしているというのは、私の思い過ごしかな」

　江総は声をあげ、笑った。

「詢は日陰の身だ。謀叛人の子として生きていく術はこれしかない。詢の打算と言ってしまえば、興ざめか」

　江総はさらに声を高めて、笑った。ただ、目は笑っていないことに褚亮は気づいた。

「とりわけ王羲之の書法には深い思い入れがあり、独自にその書法を学んだ。私が誘ったことだがな」

江総はいたずらっぽく笑った。

欧陽詢は謀叛人の子だった。広州刺史《しし》だった父欧陽紇《おうようこつ》は陳の四代皇帝宣帝への反逆の廉で処刑された。その時、欧陽詢はすでに江総に引き取られ、父親の許を離れていた。

江総は太清二年（五四八）、南朝梁《りょう》で起きた武臣侯景《こうけい》の反乱で建康を逃れ、母方の叔父で広州刺史蕭勃《しょうぼつ》の許に身を寄せていた。欧陽紇とは縁あって親しい間柄にあった。

江総は詢が幼少でありながら書経、詩経に興味を示し、その書籍に一心不乱に齧り付いている姿を見、いずれ詢は江南随一の博学の人になると信じた。ただ、広州にいてはその才能も干からびると思い、建康に戻るときに欧陽紇を説得し、詢を伴った。欧陽詢が六歳の時だった。

欧陽詢の日陰の身を支えたのは、王羲之への近しい、熱い思いだ、と江総は言った。王羲之を心のよすがとして、その書法を学ぶことは、日々の楽しみであった。紐解いた数々の経典を、険しい表情で学んでいた姿と王羲之の尺牘《せきとく》を前にしていた姿とは、かなり違っていた、と江総は言った。

「王右軍《おうゆうぐん》の人となり、生き様に己を重ねているかもしれん」

どういうことですか、と褚亮が尋ねると、王右軍は幼い頃に父母を亡くしている。六歳の頃だという。父親の死は不名誉な死とされた、江総はそう言うと、のちに右軍将軍となったことから王右軍と称された、王羲之を語った。

王羲之の父、王曠《おうこう》は山東の東南琅邪《ろうや》郡を拠とする貴族、琅邪王氏の一人であった。匈奴の趙《ちょう》に一旦滅ぼされた晋は、江南にあった晋王朝傍系の琅邪王司馬睿《しばえい》が建業で晋朝を再興した。のちに東晋と呼ばれ、建業は建康と名を変える。その時、司馬睿を支えていたのが、琅邪王氏一族だった。江南に進駐することを強く推したのが、王曠と言われている。

琅邪王氏の長、王導は東晋王朝で丞相《じょうしょう》の地位に就き、王氏一族が実質の権力を握っていった。東晋は亡命王朝である。在地の江南豪族との抗争も起きてくる。それを抑え、亡命政権が確固たる地盤を築いていったのは、王導のもとで結束した琅邪王氏の力による。

東晋王朝には悲願があった。それは北族を追いやり中原に復することであった。北伐が敢行され、北伐軍が華北に攻め入り、一時華北南部を占領するまでになった。しかし、北伐軍の軍事力では支えきれず、救援部隊が送られたが、匈奴に惨敗する結果となった。

その救援部隊を指揮したのが王曠であった。だが、王曠は行方知れずとなった。建康には、王曠が降伏し、捕虜となったという噂が広まった。

「王曠は戦死したに違いない。降伏、捕虜はでっち上げられたものだ。捕虜となった汚名を着せることで、北伐失敗の批判を逸らそうという意図が感じられる」

「それは王導の意図ですか」

褚亮は聞いた。

「王曠の不名誉な降伏に最も怒ったのは、元帝だ。それに対して、王導が王曠をかばったという記録はない。王曠は王導の要請で救援部隊の指揮をとった。匈奴との戦いは不利を承知の派遣だ。それを受けた王曠に王導は恩義を感じていた。王曠の名誉を守ることは義であるはずだ」

「王導はそれを仇で返したということですか」

江総は褚亮の問いに答えず、話を続けた。

「王曠は貴族というより、武人の顔を持った人物だった。正義感が強く、言行一致を旨とし、物事の判断は直截的、知より実践に重きを置く人物だと、私は解している。琅邪王氏一族では異端であったろう。王氏一族で、王曠の歯に衣着せぬ物言いを快く思わない者は多かっただろう。その者たちが元帝の意を介して、俘虜の不名誉を王曠に冠した。それに尾鰭が付いて膨らみ、北伐の失敗がそれとすり替えられた。王導はそれを黙認し、否定することはなかった、というのが私の理解だ」

「王右軍を引き取ったのは、その負い目ということですか」

「王右軍の母親は、夫に着せられた不名誉に抗議しての憤死だと私は思っている。両親を失くした王右軍は六歳。一族の長である王導が引き取るのは当然のことだが、王導は王曠を結果として貶めた罪悪感を抱いていたに違いない」

「王右軍の幼少時は引っ込み思案で、会話もたどたどしく、おぼつかなかったと聞いています。その後の王右軍からは思いもつきません」

「王導の家では、同年齢の従弟、又従弟と同じ屋根の下で暮らしていた。その連中から白い目で見られていたことは想像できよう。自分の殻に閉じこもって耐えていく、もちろんそこに留まらず、書籍の虫になることが生きる術になれば、それで一風変わった子として認知されれば衆と交わらなくとも済む、王右軍は幼き知恵者と私はみた」

江総が述べた王右軍の幼少時の像が信本殿と重なると、褚亮は気づいた。

「総持さまは、王右軍と信本殿と境遇が似ていると思われたのですか」

「確かに、似てはいるが、それは同一非ざるものということだ」

褚亮は、どういうことですか、という表情を浮かべた。

「謀叛人の子の汚名とは比較にならんな」

江総はそう言ったが、しばらくして、母と死に別れた王右軍と生き別れた詢の違いかな、と独り言のように言ったまま、それ以上は何も言わなかった。

「詢にとっての王右軍の書を学ぶことは、慈父から見守られ、戯れ遊ぶ楽しさがあるようなものだ。それは私がかつて、詢に言った言葉だ」

江総はそう言うと、褚亮にそのことを語った。

陳朝宣帝の太建二年（五七〇）、欧陽紇は宣帝の命で、建康において斬殺の刑に処せられた。江総がそのことを欧陽詢に知らせたのは、五日後だった。

連日長雨が続く、昼下がりだった。回廊の脇に植えられた梅の老木は、今年も実をたわわにつけていた。老いてもなお盛ん、と呟きながら、江総は奥まったところにある欧陽詢の部屋に向かった。巻子一巻を手にしていた。

風を入れ、蒸し暑さを少しでも遠ざけるためであろう、部屋の扉は少し開いていた。詢、入るぞ、と声をかけると、はい、という返事がして、詢が扉のところに駆け寄ってきた。

江総が部屋に入ると、詢が深々と頭を下げた。幼少期から貧相で小柄な体つきだった。十二歳になった今は、背丈はそれなりに伸びたが、印象は変わらなかった。

容貌の奇異さは、実は父親の欧陽紇ゆずりだが、偉丈夫な欧陽紇の、その容貌には圧倒的に人を威圧する力があった。他人が欧陽紇の容貌を奇異と感じることはなかった。

詢の貧相な体つきは、母親のそれを受けていた。ただ母親は江南随一の麗人、その細く、小柄な体つきは華奢と言い、その腰つきは柳腰と言い表される。

江総は、両親の容姿が詢には劣性として現れたことに深い因縁を憶えた。ただ、両親にはそれが顕在化しなかった、深く豊かな知性が詢に備わっていた。それを気づくことのない欧陽紇夫妻のもとで詢が生きることは、死に等しいと江総は考え、詢を引き取った。

江総は書卓に目を遣った。書見か、と口にすると、卓上に広げられた書巻を覗いた。江総は、荘子か、と呟くと、仲尼《ちゅうじ》先生（孔子）を追いやり、太上老君（老子）を越え、荘子に至ったか、それにしても十二歳にしては早すぎる、と独り言のように呟いた。

江総は詢に書庫への出入りを許していた。読みたい書巻があれば自室に持って行っても構わないとしていた。

荘子はどうだ、と問うと、詢はしばらく考えた後、あの自由に身を委ねる勇気は私にはありません、と答えた。

身は自由でもなくとも、思いのなかで何憚ることなく飛翔はできよう、と江総は少し意地悪く言うと、詢は黙った。しばらくしてから、想像の中で自由に飛翔したとしても、現実の箍《たが》が遮ります、と少し苦しそうに言った。

江総は内心驚いた。今から自分が告げようとしている事実をすでに詢は気づいているように思えた。

江総は椅子に腰を下ろすと、詢にも座れと促した。江総は手にしていた巻子本を書卓に置いた。二人は向き合う形になった。雨脚が強くなっていた。江総は窓外に目を遣った。長江の水かさが気になる、とぽつりと言った。詢も外に目を遣った。枝垂れ柳の若葉が風にそよいでいた。

「父君が刑に処せられた」

江総はぽつりと言った。詢は江総を直視した。

「五日前のことだ。家族は奴婢の身に落とされた」

詢の目に涙が浮いた。涙に身を任すことに耐えるように江総を見続けた。しかし、涙はあふれ、一筋、二筋と流れた。詢は姿勢を崩さなかった。

江総は、詢の涙を予想していなかった。

父親欧陽紇の詢への思いは無関心とは言わないが薄かった。自分の子でありながら、自分との体軀、その気性の違いに正直、戸惑っていたことを江総は知っていた。自然、声をかけることもなく、我が子を傍観するような態度で接していた。紇の前で、委縮したようにいる幼い詢を江総は何度も目にした。江総の前では、一言一句洩らさず聞こうとしっかり目を見開き、江総の目を見詰める態度とは大いに違っていた。

欧陽紇の妻の詢への態度は冷淡以外何ものでもなかった。眉をひそめて詢を見る妻女の表情を目にし、江総が思わず目をそらすことは一、二度とは限らなかった。

父親の死とその家族の末路を淡々として受け止める詢を江総は思い描いていた。詢の涙は思いもしなかった。詢は父母を慕い続けていた、江総はそう理解した。

「欧陽紇の長子は江総の預かりの身とする勅命が下った。それ以上でも、それ以下でもない。今まで通りこの屋敷で暮らす。ただ、謀叛人の長子という箍がお前の身を締め続ける」

欧陽詢の姿勢は崩れなかった。江総の目を見続けていた。

「今以上に学ぶことだ。天が与えた使命だと思え」

江総はそう言うと、懐から取り出した手巾《しゅきん》を差し出した。詢ははっとして、それを受け取ると、顔を覆った。小さく嗚咽が洩れた。

「お前にこれを与えよう」

しばらくして、申しわけありませんでした、と詢が言って顔をあげると、江総は書卓に置いた巻子本を渡した。

「開いてみよ」

巻物の紐を解き、広げ、目を通すと、詢は、これは、と小さく声をあげた。

「王右軍の尺牘だ」

それは王羲之が残した十通の書簡を装丁したものだった。王羲之が亡くなって二百年余、王羲之の書簡は南朝の王権が交代し、年を経るほど珍重され、人は競ってそれを求めた。

「その尺牘は、王右軍が東晋の官を辞して、会稽《かいけい》の地で自適の生活に入った頃のものだ。恐らく蜀に住まう友に向けてのものだろう。まさか、後世の者たちの目に触れると思ってもみなかっただろう。衒《てら》いも、技巧もなく、日々の他愛ない喜び、願いがみずみずしく、伝わってくる。王右軍の人となりはかくあらんと、親しみがわいてくる。それがこの見事な書で表されている。巻いて戻しても、すぐに紐を解いて、見たくなり、見飽きぬ。この見飽きぬことは、江南一の美女であってもその足下にも及ばないであろう」

江総らしい比較だった。

「とは言っても、悠々自適の生活を送る逸民《いつみん》たる聖人に十二歳のお前が同調するのも甚だ奇異なことだ。それを眺めて、王右軍と戯れ遊ぶことだ。王右軍は慈父のごとく見守ってくれるだろう」

江総は愉快そうに笑った。

「いずれ、お前の臨書を見たいものだ」
そう言って、江総は席を立った。

欧陽詢が江総の屋敷を出たのは、褚亮との出会いから二年後のことだった。皇太子叔宝が陳朝五代皇帝に即位し、その信頼の厚かった江総が宰相の地位に就いたからだった。皇帝側近の身では、さすがに謀叛人の子を屋敷に留め置くことはできなかった。

移った家は建康城外、長江に通じる秦淮河《しんわいが》に近い瓦官寺《がかんじ》の裏手にあった。もとは商家の別宅だったが、屋敷というほどのものでもなく、家人も執事の鍾恭《しょうきょう》の家族と他に男女の召使数人だった。それでも謀叛人の子で、日陰の身の扱いとしては破格のことだった。家政を賄う費用は江総があてがった。

家は替わっても欧陽詢の学徒の生活は変わらなかった。

欧陽詢が江総の屋敷からその家に移ってからも、褚亮は足繁く訪れた。

瓦官寺の裏門を通り抜けると、土塀に囲まれた家々が軒を連ねる通りに出る。王朝高官の別宅や建康の富裕な商人が囲う妾宅などの屋敷が並ぶ。日頃はどの門も閉じられている。

褚亮は土塀の間の路地を抜け、通りの裏手に出る。裏手は野菜畑が家並に沿うようにあり、その先、一段低くなって水田が長江沿いの湿地帯近くまで続いていた。

褚亮は周りの屋敷より一回り狭い囲いの土塀にある裏門を勝手に押し開いた。納屋の脇にある井戸端で、男女数人が収穫したばかりの青菜を洗っていた。二頭の犬が尾を振って近づいて来た。足が長く、身体の引き締まった猟犬だった。

褚亮はすり寄る犬たちを撫でながら、作業を指示する男に「恭、百姓が板についてきたな」と、からかい気味に声をかけた。

「屋敷の門を閉ざしたままでも、生活には事欠かないようにというのが、我が主人の言であります」

と、その男はすました顔で言った。

「鍾恭、それは梁から北斉《ほくせい》に亡命した顔之推《がんしすい》が家政の在り方として常々口にしていた言葉だ。信本殿は受け売りを口にする人ではない」

と笑って返した。

鍾恭は、もともとは江総の執事だった。

江総は侯景の乱を逃れ、母方の叔父で広州刺史蕭勃の許に身を寄せた。その一年後、鍾恭は、猟犬の世話係として蕭家にやってきた。鍾恭は山岳民族瑶族《ようぞく》の出身だった。

瑶族は、もとは湖南の山岳族であったとされ、漢民族の支配地拡大に押されるように、南嶺山脈を越えたと言われている。瑶族は山中を移動しながらの焼畑農耕民であった。南嶺山脈の五つの山並みを広く移動する。一部は雲南、さらにその南部の山岳地帯へと広く分布していった。今日では雲南と接する東南アジア各地に広く住み、ベトナムではザオ族、ラオス、タイではヤオ族と呼ばれている。

鍾恭は叔父の鍾天翔に伴って南嶺山脈の一つ大庾嶺《だいゆれい》の山中にある部落から、蕭家にやってきた。八歳の時だった。

鍾一族は狩猟、焼畑作を生業として、その焼畑の移動範囲は大庾嶺の山地に限られ、ほぼ定住の生活を送っていた。

瑶族には民族神話があった。漢族の王女が犬に嫁いで、十二人の子を生《な》し、瑶族の十二族の始祖となったという話である。

漢族の王が夷狄に攻められたとき、敵将の首を持ってきた者に娘の王女を嫁がせるという触れを出した。槃瓠《ばんこ》という犬が、噛み切ったその敵将の首を持ってきた。王は王女を犬の妻にするわけにはいかないと言ったが、王女は、王たるもの約束を違えてはなりません、と言って、自らの意思で犬とともに山中に入り、十二人の子を生《な》した。鍾一族はその十二人の一人を祖とする一族だった。鍾一族は犬を使っての狩りに長けていた。

鍾天翔は、蕭勃の狩りで使う狩猟犬の使い手として、十頭の犬を連れて蕭家にやってきた。鍾恭はその犬たちの世話係だった。

江総は犬好きだった。恭が犬を世話するところによく出かけた。江総は恭の聡明さを愛した。漢族語の読み書きを憶えさせると、恭は時を待たずにものにした。恭が十歳になった時に、江総は叔父の蕭勃に自分の召使にしたいと願い出た。

蕭勃は、蛮夷の子ぞ、相変わらずの物好きだな、と笑って言うと、江総は、教育すれば、貴族子弟に勝るとも劣らない博識を得ますと、屈託のない表情で言った。

十年の長い滞在の後、江総が陳朝高官に召還されると、欧陽詢とともに鍾恭を建康に伴った。欧陽詢は六歳、鍾恭は十八歳だった。

鍾恭が、江総から欧陽詢に仕えるよう命じられたのは、後主叔宝が即位する前年だった。その時、江総は次のように言った。

「お前が私に仕えて二十数年、我が家政において最も信頼している者は、お前を措いていない。次の執事長はお前だと決めていたが、あえて詢の執事を命じるのは、詢の類まれな能力をこのまま埋もれさせたくない思いとその将来を慮ってのことだ」

そう言ってしばらく、言葉を中断した。

「夷族の出であるからこそ、お前は詢の心情をよく理解できる者だと思っている」

鍾恭は主人の真剣な表情と物言いに正直驚いた。いつもは冗談を飛ばして、どこに真意があるのか、ないのか、真顔で命じたことは一度もなかった。主人のこんな態度は、鍾恭が仕えて以来、記憶になかった。

「今日は、おぬしの忠告に従って訪ねたぞ」

褚亮はまじめな顔に戻って言った。

先日のこと、鍾恭は、高官のご子息で将来ある人として活躍されている希明さまが、主《あるじ》の許に足繁く通ってくることに危惧をおぼえます、と率直に言った。褚亮の立場に傷がつくことは、欧陽詢のせいとなり、その責めを負うことになる、と恭は考えていた。

「それは信本殿のお考えか」

褚亮が厳しい表情で問うと、

「滅相もありません。主がそうお思いになることは決してありません。希明さまがお訪ねになった日は、私どもも驚くほど心地よく過ごされます。身分をわきまえず、希明さまに申し上げたのは、その反動を恐れる余りのことでございます」

と恭は跪き、頭を下げたまま言った。

「おぬし、総持さまからご下命を受けておるな」

と問うと、しばらく黙っていた恭は、頭を上げ、褚亮の目をまっすぐに見て、言った。

「総持さまから、日々ひそやかに、慎ましやかに暮らすことに徹せよ、との命を受けております」

「そうか、よく解った。俺がこの家に通っていることが知れ渡れば、何かと話題となって、痛くない腹を探られる、ということだな」

鍾恭は黙ったままだった。

「だからと言って、この家に出入りすることを控えることはしない。信本殿に学ぶことは山ほどある。そうは言っても、家政を差配するおぬしの危惧をほっとくわけにはいかない。うまくやるから心配するな」

褚亮は任せておけというように、跪く鍾恭の両肩を叩いた。

それから数日たっての今日の来訪だった。

「今日、俺が出かけてきたのは、瓦官寺の和尚に用があってのことだ。総持さまからの頼まれごと、ついでと言っては悪いが、信本殿の様子を見てきてくれと仰せつかった。総持さまは日々気にしておられるということだ」

鍾恭は何のことやらという表情を見せた。

「恭、察しが悪いぞ。総持さまから、この家の出入りを許されたのだ。ただし、俺の主たる目的は瓦官寺の和尚に会うことで、ここに寄るのは総持さまに信本殿の様子を伝えるためだから、お前も間違えるではない」

欧陽詢の書房に入ると、褚亮は挨拶もそこそこに、せっかちに口を開いた。

「ここに来ることを、瓦官寺参拝を装ってのこととするつもりでしたが、それがそうでなくなりましてね。永禅師の千字文《せんじもん》が瓦官寺に届いたという話を聞きました。住職に是非、拝見させていただきたいと申し出たところ、貴重な品を一般に公開するつもりはありませんと、やんわりと断られましてね。断られると、なおさら見たくなりました」

　永禅師とは王羲之直系の七世の孫とされる智永《ちえい》のことである。太湖を望む越州呉興《ごこう》の永欣寺《えいきんじ》に住していた。

　千字文は王羲之の書にある千の文字を組み立てて詩の形とした王書法の手本で、南朝梁の武帝の命により作成されたものである。

　智永は、それを楷書と草書で書き並べ、のちに真草千字文《しんそうせんじもん》と呼ばれる王書法の手本を作った。その数は桁違いに多く、八百本と言い伝えられている。それらは江南諸寺に寄贈された。

「是が非でも見たいと、総持さまの名を出しました。効果覿面《てきめん》、今、この目に焼き付けてきたところです」

　褚亮は気持ちの高ぶりを隠すことなく、言った。

「王書法の神髄は確かに感じられました。それより、王書法を広く伝えたいという禅師の熱い思いが、感じられました。王羲之子孫としての強い誇りですね。三十年になんなんとする年月をかけて今も続けられていると聞いています。禅師の思いが乗り移りましてね」

褚亮は、にやりと意味深な笑みを浮かべ、

「いずれ和尚とねんごろになったら、総持さまの意向と称して借り受けたいと思っています。ここに持ってきますよ。信本殿の手による臨書が見たいですね」

と、楽しそうに笑った。

二　冒瀆の書

欧陽詢《おうようじゅん》が江総《こうそう》の屋敷を離れ、建康城外の瓦官寺《がかんじ》の裏手にある借家に住むようになって一年が過ぎた。

六歳からの江家での居候生活は、それを感じさせない江総の心配りがあって、不自由さは感じなかった。ただ、離れてみると、それまで味わったことがなかった解放感に満たされた。

しかし、すぐにその解放感を欧陽詢は自ら拒絶した。その気分に満たされることは、江総への報恩否定と感じたからだった。欧陽詢の律儀さがそうさせた。欧陽詢は、日々の生活をそれまで以上に厳しく律し、門外に出ることはほとんどなかった。

鍾恭《しょうきょう》はそんな欧陽詢を心配し、瓦官寺の桜桃の花は今が盛りです、秦淮河《しんわいが》の枝垂れ柳が芽吹き、春風と戯れています、と誘い出すが、欧陽詢は確かに目に浮かぶ、と笑って答えるだけだった。

書房に閉じ籠り、書卓に張り付いているのが、欧陽詢の日々であった。そんな生活を掻き乱すように褚亮《ちょりょう》が訪れる。転居してはじめの頃は、人の目を気にするそぶりを見せていたが、半年も過ぎると、誰憚ることなく訪れるようになった。

鍾恭は、そんな褚亮の行動が、朝廷内で批判されはしないかと心配した。ただ、褚亮の訪問は、御上にとっての唯一の楽しみ、ということはよく解っていた。

褚亮の訪問はいつも気まぐれで、慌ただしかった。行政を担う尚書省《しょうしょしょう》の若手官僚として、多忙な時間を割いての訪問である。鍾恭が心配して、お役目のほうはよろしいのですか、と言うと、

「確かに、総持《そうじ》さまは帝のお相手で、政務は我ら属官に任せっぱなしだ。恭、忙しくて困る」

と、笑って言った。

江総は尚書令、行政の長でありながら、政務は褚亮ら属官にまかせ、後主とともに日夜酒宴を伴う詩作に明け暮れていた。鍾恭は何かと噂の多い江総のことも気掛かりだった。何かあれば、主人にも累が及ぶという心配があったからだ。

「忙しいなか、時間を割いて、信本殿と顔を合わせ、言葉を交わすことが俺の息抜きだ」

鍾恭の心配を笑い飛ばすように、あっけらかんと言った。

そんなある日、褚亮が、恭が初めての男を伴ってきた。太学《たいがく》で学ぶ学生らしい身なりで、褚亮より若く見えた。すらりとした背だったが、がっしりとした褚亮が並ぶと、楊柳《ようりゅう》の頼りなさを感じ、病弱ではないかと恭は思った。ただ、そのまなざしは、穏やかで澄んでいた。後日、鍾恭は、その人が尚書省の第一次官であり、褚亮の直属の上司虞世基《ぐせいき》の弟、虞世南《ぐせいなん》であることを知った。

恭、勝手にまいるぞ、と褚亮はいつものように言うと、奥にある欧陽詢の書房に向かった。

長い梅雨の季節が去り、真夏の強い日差しが照り付ける季節になっていた。開け放たれた書房の窓から水田を渡る風が心地よく入ってきた。蚊やりの香りも暑さを和らげていた。

「信本殿、学究の徒同士の初顔合わせでございますぞ。虞家の伯施《はくし》殿だ」

褚亮は部屋に入るなり、おどけた口ぶりで言った。褚亮と虞世南は、徐陵《じょりょう》から学ぶ弟子同士である。

欧陽詢と虞世南、お互いのことは褚亮から聞き及んでいたが、顔を合わせるのは初めてだった。

虞世南、字は伯施。江南越州余姚《よよう》の生まれ。初唐の三大書家と称される一人である。のちに唐の李世民《りせいみん》に仕え、李世民が二代皇帝の位につくと、弘文館学士として重用され間近に置かれ、秘書省の長官、秘書監に至る。永興県公《えいこうけんこう》の爵位を賜る。

この時は、兄虞世基の許で学究の徒として学びの途上にあった。

虞世南は一昨年から太湖南岸の呉興《ごこう》にある永欣寺《えいきんじ》の智永《ちえい》の許で王書法を学んでいた。虞世南は幼少の頃、兄虞世基の計らいで智永の許で学んでいたが、今回、再度弟子入りしたのは、書への行き詰まりを感じていたからだった。原点に戻ろうという意思がそうさせた。

昨夜二年ぶりに帰ったばかりだった。褚亮とは世南の永欣寺滞在中は便りの遣り取りを欠かさなかった。

それが今朝早く訪ねてきて、久しぶりの再会の言葉を交わす間もなく、欧陽家の信本殿に是非会わせてほしいと褚亮に頼んだ。

褚亮は何事か、と思った。虞世南の気持ちの高ぶりがそのまま、その口ぶりに表れていた。褚亮は書簡で、欧陽詢の、その博学、優れた書法について話題にすることが多かった。虞世南は、是非会いたい、話がしたい、と文通のなかで、その思いを綴っていた。

永欣寺にいる間にそれがますます募り、建康に戻ってすぐに、永禅師のこと、王書法のことを話したい欲求に駆られたに違いない、と褚亮は勝手に判断した。

虞世南が智永の許で王書法を学び直そうと思ったのは、欧陽詢の書を見てからだと褚亮に語っていた。それは王羲之の尺牘《せきとく》を臨書したものだった。

その尺牘は、江総が所持していた「羲之頓首喪乱之極」で始まる、後の世に「喪乱《そうらん》帖《じょう》」と呼ばれたものだった。臨書してみてはどうか、と言って、江総が与えたものだった。数日後、欧陽詢は臨書を江総に見せた。

江総は一目見て、うーんと唸ったまま、言葉を発しなかった。

後日、江総はそれを褚亮に見せた。どう思う、と言い、意見を促した。真筆と欧陽詢の書を互いに見比べていた褚亮は言葉が出なかった。

先祖の墓を荒らされ、どうしようもない悲しさとどうしたらいいのか戸惑う王羲之の姿が、その文字の連なりから伝わる真筆の不可思議さ。まさに王羲之の心の動きが筆先に伝わり、繊細、複雑、それは変幻の妙というべきものだった。

褚亮は二つを見比べ、息を呑んだ。欧陽詢の書は、王羲之、その人のものと見紛うもの。真筆と瓜二つという意味ではない。王羲之が同じ文面を別の日に書すれば、こうあらんと思わせるような書であった。悲しさと戸惑い、王羲之の心の動きに同調したかのような筆の動きがそこに表れていた。

褚亮はそれを江総から借り受け、虞世南に見せた。その時の虞世南の表情を褚亮は今でも覚えている。言葉は発しなかった。驚きの表情が、感極まったそれに代わり、次第に気持ちが沈みこむように影を帯びてきた。

数日後、虞世南は旅装束で褚亮の家を訪ねた。永欣寺の智永禅師に王書法の教えを乞う、と開口一番に言った。

褚亮は、伯施殿は王書法をすでに身につけておられるのに、と言うと、信本殿には及びません、私は王羲之を真似ているだけと痛感しました、と言った。

「それと、信本殿は王書法を極められたというより、王羲之その人と同調することができる力を得ておられる。私にはないものです。恐らく信本殿の孤高の学びに因ると思っています。私は独学でそこに至ることはできません。私はしかるべき師から学ぶことで、次の高みを目指そうとします。私の限界です。それでも近づきたい。矛盾だと思われましょうが、永禅師のもとで高みに至りたいと思います」

虞世南は苦しそうに言った。褚亮はその言葉が理解できた。

欧陽詢二十五歳、虞世南は一つ年下、二人はともに援助に甘んじている学徒である。一人は決して世には出られない謀叛人の子。学びのなかで己を確立するしかない、孤高の人だ。学びはすべて独学である。

もう一人は、幼くして両親を亡くしているが、その父親は南朝随一の学者だった。兄は他を寄せ付けない博学、才能の持ち主で、陳《ちん》の高官に列している。当代随一の学者顧野王《こやおう》に学び、文を徐陵から学ぶ。師から厳密に学び、学ぶことに妥協を嫌い、学びを極めようとした。

自分の限界を知ったうえで、智永禅師に再度教えを請おうと思っています、虞世南はそう言って、呉興に旅立っていった。

「伯施殿は永欣寺から戻られたばかりだ。永禅師の話は、信本殿を交えて聞きたいと思い、お連れ申した」

亮は楽しそうに言った。世南の是非会いたいということは口にしなかった。自然な形で、二人を会わせたいという亮の配慮だった。

これ以後五十数年、三人は、南朝陳、隋から唐に至る時代の大きな変遷の中で、信頼しあいながら、互いを支える終生の友となる。のちに三人は、天下賢良の士と呼ばれた弘文館学士となり、唐朝の高官に列する身となる。

三人はともに長寿を成すが、最晩年の老耄《ろうもう》の齢に大それた謀《はかりごと》を実行することとなる。ただ、陳朝の至徳元年（五八三）の夏、欧陽詢の書房での出会いがその始まりであったとは、この時三人は思いもしなかった。

「今の永禅師は、人を教授することはない。それも再度はあり得ないことです。それが、伯施殿の王右軍の尺牘の臨書を一目見た禅師が、我が祖に近づくことに間近い、と言ってすぐに許したと伝え聞いています」

褚亮が不確かな情報をさもありなんとばかりに言うと、

「それは違います。私のほうから強引に押しかけ、門前で三日三晩懇願し、根負けした禅師が、世話係として身近に置いてくださったのです」

と、虞世南は苦笑いして、褚亮の言葉を否定すると、永欣寺での生活を語り始めた。

「師匠の書房は永欣寺の三層の楼閣の最上階です。その生活は書作三昧の日々でした。師の宿願である真草千字文《しんそうせんじもん》の江南諸寺への寄進は達成が近づいていました。その頃は、ほぼ一日それに没頭されていました。息抜きといえば、楼閣から望む太湖の時の移り変わりをわずかな時を割いて眺めることだけです」

虞世南はぼそぼそと語った。二人は世南の語り口の重さを訝《いぶか》しく思った。

「師匠が私に教授するために割く時間はありません。私は師匠の傍らで、王羲之の末裔として王書法の正統を間違いなく世に伝えようとする師匠の気概を感じながら、その筆遣いを見て学びました。八百余本とされる作数ですが、一作一作初めて書くという心構えに徹しておられました。惰性は許されない、その厳しさを私は感じました」

ここで虞世南は何かためらうように言葉を切った。しばらくして再び語り始めた。

「その日は、春浅い日でしたが、それまでで一番の暖かな日でした。師匠は筆を置き、ふうーっ、と大きく息をつかれ、完了じゃ、と一言呟かれ、席を立たれ、いつものように窓際に寄られました。太湖の北岸彼方は朧気で、春の日差しを受けた湖面は、やわらかな光を照り返していました。湖を渡る微風が永欣寺の紅梅の花をかすかに揺らしていました。師匠はそれを目に映しながら、再び一息、息を吐かれました。師匠はしばらく剃っていない頭を撫で、湖の彼方に飽かず目を遣っておられました。私は真草千字文の当初の本数が達成したと理解しました」

虞世南の目は密かに潤んでいた。欧陽詢は世南の気持ちの高ぶりを感じた。

「ですが、大願成就、成し終えた感動が大波のごとく押し寄せた、というものではなく、師匠は淡々としておられました。成就した感動は一瞬にして消え、そのあっけなさに戸惑っておられるのではないか、私はそう思いました。師匠は再び白いものが混じった頭を撫でられました。私にはその横顔には微かに笑みが浮かんでいるように見受けられました。あまりのあっけなさに苦笑されている、私にはそう映りました。ただ、書作中の意思の強さはその表情から消え、穏やかな気高さを湛えられていました。この強さと気高さは、王羲之その人のもの、ふと、そう感じました」

虞世南はふうーっ、と大きく息を吐いた。

「突然のことでした。世南、見せたいものがある、師匠は太湖の眺めに目を遣ったまま、言われました。後になって、私はその時の師匠の心情を慮りました。大願であった王書法の王道を正しく後世に伝えるべく諸寺寄進の真草千字文八百余巻の作成が完了した。にもかかわらず、成し終えた成就感が持続せず、押し寄せてこない。ただ、日々の作業の終了としては終わらせたくない。王羲之の原点に立ち返って、自分が成したことを心に刻んでおきたい。そんな思いで、蘭亭序の草稿を開かれたのではないかと思いました」

虞世南がそう言うと、褚亮が驚いたように言葉を発した。

「蘭亭序草稿？　あの蘭亭序ですか」

褚亮の声は上ずっていた。欧陽詢も身を乗り出し、驚きと疑いが半ばのまま質問した。

「草稿は王家に伝わり、門外不出、秘匿されたと聞いております。その下書きは、清書したのち王右軍自らで破棄したと言う者もおります。確かに草稿ですね。確かですね」

欧陽詢は、少なからず興奮した物言いだった。気持ちが先だって、舌がもつれ、言葉が絡んだ。冷静な信本殿にしては珍しいこと、と褚亮は思った。

「装丁もされていない、もとのままの無造作なそれには驚きました。それが目の前で開かれました。見ているだけでした。『蘭亭詩集』の写本で何回も読んでいましたから、序の文は諳んじることはできます。その時は、頭の中は真っ白で草稿をただただ見ているだけでした。師匠が開いた目の前にあるそれが永和九年、あの日あの時の流《りゅう》觴《しょう》曲《きょく》水《すい》の宴の後すぐに書せられた序の草稿であることは、間違いないものと思っても、そのものだという実感はなかったのです」

虞世南は訥々と語った。

王羲之は東晋の永和九年（三五三）三月三日に江南の会稽《かいけい》郡蘭亭で曲水の宴を催した。

当時王羲之は東晋の会稽郡内史、長官の要職にあった。集まった名士は四十余名。その時の詩二十七編を詩集として編み、その前序を王羲之が担った。

宴の後すぐに、序の下書きを書いたとされ、それが蘭亭序草稿として伝えられた。清書にあたって、何度も試みたがその下書きを上回ることはなかったと伝えられている。ただ、その草稿は王家に伝えられたが秘匿され、その後は、行方知れずとなっていた。

「疑ったということですか」

褚亮は言った。

「そうではありません。目の前にそれがあることが信じられなかったのです。師匠はそれを察せられたのか、心ゆくまで、味わうがいい、と言われました」

虞世南はそこで黙った。草稿の存在を決して語るな、という師匠の言葉が重くのしかかった。背徳の念は強かった。にもかかわらず、口にした。虞世南の語り口が終始苦し気で、押し出すようだった理由はそこにあった。

「草稿を前にして私は、その時の王羲之の筆の流れにあたかも同調するように文字を追っていました。いつの間にか、私はあの日の王羲之その人になっていたのです」

虞世南は思いに浸りながら、言葉を紡いだ。

軽やかな酔いだった。そよそよと頰を撫でていく春風が心地よい。緑濃い林と竹林を縫う清流から聞こえてくる瀬音にしばし耳を傾けていた。つい先ほどまで続いた曲水の宴は終わっていた。清流を引いて設けた小さな流れを挟んで座し、詩を作る。盃を流す間に作詩できなければ罰の酒を干す。互いに盃を傾け、詩を詠う。自然のなかのささやかな宴だが、心深くにある情をも震わせる喜びを感じた。

宴は終わり、四十余名の参加者は語り合う者、さらに盃を傾ける者、酔いを醒ますためせせらぎの畔をそぞろ歩く者、思い思いに宴の余韻にその身を浸している。そのなかの多くは、明日になれば困難な政治状況に立ち戻る。思うようにいかない漢族の中原奪回、北伐の局面に対峙する政治状況の困難さと、そこから生まれた政争に身を置く厳しさが待っている。

私には、今ひと時の宴の余韻を惜しんでいるように見える。

虞世南はふっと我に返るように、言葉を切った。しばらく思い窺うように目を閉じた。

虞世南は再び、口を開いた。

私は、流れを臨む四阿《あずまや》の柱に寄りかかり左手に巻いた紙、右手に筆を持っていた。その筆触が指先から手、手から腕、腕から身体全体に感じられた。文を成す意識は研ぎ澄まされていたが、筆触はその意識から離れ、逍遥するかのように動いていく。重くもなく、軽くもなく、自負もなく、卑下もない。ごわごわした紙面、筆は強く硬い穂先、それらは互いに連繋し調和を生み出していく文具だ。書されていく一字一字、一瞬その存在感を誇示しているが、不思議とそれまでの文字の連なりと連繋し調和していく。書き改め、上書きした文字、墨で消した箇所さえ、その調和のうちにある不思議さ。

「神意、そう思った瞬間、私の意識は永欣寺の楼閣の一室に戻っていました。師匠は椅子に座られ眠っておられた。微笑んでおられるような柔らかな表情は、偉業を成し遂げた後の安堵のそれでした。いつの間にか、夕闇が迫り、山の端は赤く染まり、湖面もそれを映し出していました。一時《いっとき》近い時間が経っていました」

そこで再び、虞世南は黙した。詢も亮も、世南が高ぶる気持ちを静めようとしているように思えた。

虞世南はその体験を語りたい、語らなければと強く思った。だがそれは師への裏切りとなる。その葛藤を押しやるように、虞世南は再び、口を開いた。

「師匠は言われた。王羲之死して二百余年、その存在は、ここに至って神聖化され、蘭亭序草稿の行方は不明とされ神品となった。王羲之自身、序の浄書を何回繰り返しても、その下書きに及ばなかったと語ったという。何回も、がこの時代には、何百回と伝えられている。神品ゆえの誇張だ。草稿の存在が明るみに出れば、その争奪で天下争乱を招く種になるやもしれない。王家は危惧した。それは王羲之の望むところにあらず。そうして草稿は秘匿され、私に受け継がれた。もしや、草稿の存在が明るみになったとき、それを破棄せよ、というのが王家の遺命じゃ」

虞世南はそこで吐息を洩らした。しばらく間を置いて、虞世南は続けた。

「なぜ、私にその存在を、と問うと、師匠は王書法の正統をおぬしに託したいからだ、と固い表情で言われた。今、王一族で王書法を受け継ぐ力量の者はいない。巧みに真似る者はいるが、そこまでだ。おぬしこそ王書法の正統を受け継ぐ者と私は確信した。ただし蘭亭序の草稿は、王一族が秘匿し、引き継ぐもの。序の草稿が世に出ることはない。おぬしがこれを再び目にすることもない。王書法を受け継ぐ者として、これを脳裏に焼き付けておいてほしい、師匠はそう言われた」

一気に語った虞世南はそこで再び黙した。しばらくして、かすれた声で絞り出すように言った。

「にもかかわらず、私は師の禁を破った」

「なぜ、私たちに語られたのです」

「同志を得たかったのです。草稿の存在を私自身の心の内に秘めておくことはあまりに重いし、それを受け入れる度量は私にはない」

褚亮の問いに、虞世南は正直に答えた。

それと、と言って世南は、懐から折りたたんだ布帛《ふはく》を取り出した。二人は、一目見てその布帛は蚕繭紙《さんけんし》と見た。二人は、まさか、と顔を見合わせながら、世南が書卓に広げた布帛を覗き込んだ。その文は蘭亭序のそれだった。真蹟は装丁されていなかったと虞世南の言葉通りとすれば、褚亮の前には草稿そのものがあった。

亮は、何故に、と呟いた。詢はただただ、食い入るように見入っていた。

沈黙が重く続いた。ヒヨドリのけたたましい鳴き声がそれを破った。

「何故に、ここに」

亮が聞いた。

「私が書したものです」

欧陽詢は改めてそれを見た。草稿の真蹟と思いました、と詢はそう言うと、改めて、食い入るように見入った。

「私も、です。臨書されたのか」

亮が聞いた。

「真蹟を前にしたものではありません。ただ、私の脳裏にはそれが焼き付いていました。書したいという激しい欲求に囚われました。私がそれを成せば、私を信頼した師への裏切りであり、この上ない背徳です。それが解っていても、欲求を退けることはできませんでした」

亮の問いに世南は、言葉を絞り出すように言った。

「寺の書庫には古い蚕繭紙があることを知っていました。その夜、脳裏に焼き付いていた草稿の序を書しました」

世南はそう言うと、大きく息を吐いた。正義感が人一倍強い世南にとってはこの上もない背徳行為だったろうと、亮は慮った。

欧陽詢は書卓にあるそれをただただ見詰めていた。その姿を見て虞世南は、真蹟を前にしての自分もこのようであったのか、と思ったほどだった。

欧陽詢は感じていた。

虞世南の書した草稿の一字一字が、王羲之の筆の動きとなって、欧陽詢の頭の中にある筆に乗り移っていく。虞世南の書を介し、それを通して王羲之の動きに同調する。王羲之の息遣いが、手の動き、筆の動きが、紙面に伝わる筆触が、伝わってくる。欧陽詢は虞世南と重なり、王羲之と重なった。ただただ不思議な感覚だった。

その感覚を、欧陽詢は二人に語った。詢が語り終えると、その場はしばし沈黙の場となった。

恐らく、と言って、虞世南が口を開いた。

「私が寺で感じた王羲之との同調を、信本殿は王羲之の尺牘を書せられた時にすでに得ておられたのでしょう」

「伯施殿の書した序の草稿から王右軍に同調できたのは、信本殿がすでにその技を会得されていたからか」

褚亮はかつての江総とのやりとりを思い出して言った。

「それは技というべきものではないでしょう」

虞世南は言った。

「信本殿は、王右軍のすべてを解し、受け入れ、自分のものにされたからか」

褚亮は虞世南に問うた。

「それとも違うような気がします。それでは王羲之の真似事に終わるだけでしょう。選ばれし王羲之と信本殿の今の身はその対極にあります。王書法を学べば学ぶほど、そこに葛藤が生じ、抗いが生じてきます。だからこそ、王羲之の存在に迫ることができた。私には到底及ぶことができないことです」

王書法に抗う、虞世南のその言葉に、欧陽詢ははっと気づいた。

王羲之を臨書する時に、詢は王羲之と一つになろうとする気の高ぶりが必ず生じた。

しかし、そうなることに抗う意識が、気の高ぶりに水を差すように生じていた。その抗いが何なのか、戸惑いながらそれが消えるまで待つことしばしばだった。

心穏やかになったとき、王羲之と一つになろうという高ぶりも消えていたが、重なる自分を意識した。欧陽詢はそれを二人に語った。

「王右軍の書が信本殿によって新たな書となったということですね。信本殿、序の草稿を書せられたらどうです。見たいですね。信本殿の序の草稿を」

欧陽詢にとって思いがけないことを、褚亮は軽やかに、そして楽しそうに言った。

「それをすると、伯施殿をさらに苦しめることになります」

欧陽詢は正直に答えた。

「何を大袈裟なこと。総持さまが言われた、王右軍と戯れ遊ぶことですよ。伯施殿いかがですか」

私も、拝見したいと虞世南は、気弱く言った。師をさらに裏切ることになると思いながら、欧陽詢のそれを見てみたいという欲求が勝った。

「古い時代の蚕繭紙の心当たりがあります。手に入れてきます。鼠鬚筆《そしゅひつ》はお持ちですね」

鼠鬚筆とは鼠の毛でできた穂先の利いた弾力のある筆で、蘭亭序の草稿を書したとき、王羲之はその筆を使ったと伝えられている。

褚亮の意気込みに欧陽詢も呑まれていった。


五日が経った。三人の顔が欧陽詢の書房にあった。

見事な朝焼の空に、皆何かしら不安を感じていたが、昼過ぎになると南からの風が吹きはじめ、次第に強くなっていった。南の空は厚い雲に覆われ、雲が北に流れていった。それでも北の空は明るく、強い日差しが差すこともあった。

門扉に木を渡せ、窓に板をあてがえ、と命じる鍾恭の声が書房に遠慮なく届いた。

今年初めての大風ですね、と亮が呑気な口ぶりで言った。稲の花が咲くこの時期の大風は厄介だ、と世南が心配そうに言った。

欧陽詢が蚕繭紙を開いた。見るからに時代がかった古びたそれだった。世南が覗き込んだまま、動かなかった。しばらくして見詰めていた世南が口を開いた。

「真蹟と同じ息遣いを感じます。予想した通りです」

詢も亮も、その言葉の真意を測りかねた。

「真蹟そっくりということですか」

亮が聞いた。

「似ている、似ていない、の域を超えた、何というか、王羲之の息遣い、筆の動きが乗り移ったものがここにあるということです」

「王羲之のもう一つの序の草稿が出現したということですか」

亮の声は上ずっていた。

「そうです。これは序の草稿のもう一つです」

世南はあっさりと断定した。誰もが押し黙ったまま、それを見続けた。三人の意識は二百有余年の時空を超え、会稽山麓を逍遥した。

「信本さま、窓に木をあてがいます」

突然の鍾恭の声掛けで、三人は現実の時に舞い戻った。

鍾恭が窓の外から首を出した。閉めます、と言って窓を閉じた。外から釘を打つ音がひとしきり響いた。薄暗い中、それでも三人はそれを見続けた。

「灯りを灯します」

詢が灯明に火を入れた。

「危険な偽物、冒瀆の書ですね」

亮の言葉に、世南は黙ってうなずいた。

「私が書した草稿は処分しました。私はしてはならないことをしました。お二方がご覧になったあの夜、灰にしました」

「これも灰にします」

欧陽詢はきっぱりと言った。

「信本殿、私が処分します。これは誰をも迷わせる魔力を秘めています。躊躇されるやもしれませんからね」

褚亮は笑って言うと、それを折りたたみ、懐に押し込んだ。

風が唸り声をあげた。閉ざした窓の扉がひとしきり鳴り、雨が叩き始めた。

「激しくならないうちに、引き揚げますか」

亮が言った。だが、誰も腰をあげる様子はなく、それぞれの思いに沈んでいった。

三　太宗の執心

太宗李世民《りせいみん》は唐の二代皇帝に即位すると、弘文館を拠点として、古の書の真蹟を集めさせた。王羲之への思い入れはとりわけ強く、その真蹟を手にすることに執着した。数年後、所蔵した王羲之の書をはじめとする古書の真贋を見極めさせ、整理して千五百十巻を得た。貞観六年（六三二）のことだった。

ただ、太宗が強く望んだ蘭亭序草稿は未だ手にしてはいなかった。

その頃、太宗は北方から侵入する東突厥《ひがしとっけつ》を滅ぼし、それを境にして、西北の遊牧諸民族が唐の支配下に入り、太宗は名実ともに中華、北方の支配者となっていた。

正直、太宗は戦いに倦んでいた。突厥に包囲された隋の煬帝を救出するため従軍したのは、李世民が十六歳の時、それ以来二十年近い年月、戦いに明け暮れた。

ただ、戦いに倦んではいたが、それがなくなると、妙に落ち着かなく、頼りない心の隙間を感じていた。その隙間を王羲之が埋めてくれた。

王羲之の事績を学び知り、数多くの尺牘《せきとく》を飽きることなく鑑賞、臨書することで、戦場で戦い、勝利する喜びが、いかにその場限りのものであったかを実感した。

その折々、蘭亭序草稿だけは手に入らない、いずれかに秘匿されておろうが、何処にあるのやら、ぜひ、手に取って見たい、とよく口にした。

太宗がとりわけ王羲之への強い思い入れを飽くことなく語ったのは、長孫皇后に対してであった。

長孫皇后は十三の歳で、李世民に嫁いだ。李世民は十六歳だった。以来、皇后が三十七歳で亡くなるまでの二十四年間、二人で過ごすときの李世民は、赤子同然、赤裸々な心の内をさらけ出し、穏やかで、安らかな気分に浸ることができた。

皇后の質素な日々の生活。そこには何をしていいのか、何をしてはならないのか、古からの遍く行き渡る価値を鑑とし、自らを律する生活であった。その日々のつつましやかな姿に、太宗は尽きぬ信頼と愛しさを皇后に抱いていた。

太宗が皇后の宮殿、承慶殿に赴き、皇后と相対するときは宦官、女官を遠ざけた。

太宗は皇后を前にすると、すぐに愚痴が口に出た。それは、統治への不安、信頼する重臣へのささいな不満、自分に対する評判への不安であり、それは表向き決して口にしてはならない、誰にも聞かれたくない本音の声だった。皇后はちょっとした仕草、表情で太宗のその声を受け止め、わだかまりを溶かしていった。

太宗の愚痴に、隋の煬帝の名が出ることが、しばしばあった。

唐朝は、隋の楊広を悪の手本とするため、天に逆らい、民を虐げる者に送られる煬という諡《おくりな》を楊広に追贈し、暴虐の皇帝の名・煬帝を冠した。それは太宗との違いを際立たせるための見え透いた政治的ねらいであった。そうしなければならない太宗と煬帝の負の共通点があった。

隋の楊氏、唐の李氏ともに北族の血を引き、北方の防衛基地武川鎮《ぶせんちん》軍閥の出身を同じくするのはいいとしても、ともに兄である皇太子を追い落としての権力奪取の共通性に誰もが目を向ける。その比較において、太宗は煬帝に比して不利な立場となる。

煬帝楊広が、兄の皇太子楊勇に代わって、皇太子の地位を得たのは、父親文帝の命でなされたものである。皇太子楊勇を廃嫡したのは文帝であり、楊広の立太子も文帝による。この交替の手続き上の異議はない。

この交代劇は楊広の陰謀と伝えられても、それは作為的な裏話の類である。唐朝になって、この裏話をことさら表に出す唐朝の意図は、楊広の名を貶めるためだった。それは透かさなくても見える。

楊広が文帝の寵妃に手を出そうとした話も同様のことだ。文帝は怒り、楊広を廃嫡しようとした。それを知った楊広が先んじて文帝を殺したとされる話。それに唐朝が編纂した正史で言い及ぶ。そこには悪虐無道の暴君煬帝の姿しかない。

太宗李世民の権力奪取の過程は、誰の目にもはっきり映る。皇太子李建成と弟元吉を玄武門で殺害、その政変後すぐに高祖李淵は、世民を皇太子とし、治世の混乱を避けるため、時を置かず、世民へ譲位する。

兄の皇太子を殺害しての立太子は、あまりに重い事実である。楊広の立太子の正当性に比べ、不利は免れない。李世民が兄、弟に殺されることを察知し、やむにやまれずやったということであっても、それは何とでも後付けできる話だ。

権力奪取の太宗と煬帝の近似、それも太宗のより不当性が浮かぶ近似から歴史の目をそらさなければならない。そのためには、煬帝の負の面をことさら大きくし、その過ちを反面として自らの治世に活かす。暴虐の王の対比として、自らを位置付ける。太宗は、そう割り切った。

だが、太宗の煬帝への思いは複雑だった。煬帝の政治的業績を暴虐の王のそれとして簡単に否定することができない。それを吟味すればするほど、煬帝の偉大さだけが浮かびあがる。

楊広は晋王のとき、陳《ちん》朝討伐のために江南に赴き、十年の年月をそこで過ごした。楊広は江南漢族の文化に魅了され、その虜となったと唐の正史は語る。皇帝になってから豹変したという煬帝の奢侈な生活は華やかな南朝の文化に触れたからと伝えられた。さらに大運河は南朝文化を身近に触れたいという贅沢を好むという煬帝の私心が、民の犠牲も厭わず勝った結果と正史は結論付けた。

それは違う、と太宗の内なる声の一つが否定した。煬帝の政治的業績を密かに評価する声だった。

江南にいた十年、楊広は江南漢族との融和を図ることの必要に迫られていた。中原を追われた漢族が、北朝の流れである隋に唯々諾々として従うことはありえない。力で制しても漢族の不満はなくならない。南北の争いは時を経て再び歴史に現れる。融和しかない。楊広は混一《こんいつ》の天下こそ、天が望むことと考えた。

初代皇帝文帝の中央集権化をさらに進めるために南朝人脈を人材登用し、制度の活性化を図った。さらに、文帝が導入した官吏登用試験、科挙の制度も積極的に推し進めた。科挙制度は主に儒学の内容を問う。江南漢族にとっては有利であったが、煬帝は漢族の能吏を生み出す能力主義の制度を推進することにためらうことはなかった。

この積極的な融和策により、民族の枠を超えた優れた人材が隋朝に集まった。律令制という統一国家を維持する国家体制により、南北に分裂した天下は、渾然一体化した隋帝国を実現させた。

黄河流域と長江流域を結ぶ大運河の建設は、地理的にも南北を結び中華として一体化させた歴史的大事業だった。運河は南北を一つにする。南の漢族と北の遊牧諸民族が相争った時代では、その発想は生まれない。

江南とのかかわりを重視した洛陽建設も煬帝の恣意的な目論見ではなかった。南北、多民族融和のための建設だった。

大胆でそれでいて、理にかなった緻密な発想、それを優れた政治集団により、実現させていた煬帝は、偉大な為政者として歴史に刻まれるはずだった。それを唐朝が、煬の諡を贈り、天に逆らい民を虐げたと貶め、国を自らの欲望の結果滅ぼした暴虐の皇帝という烙印を押した。

唐朝は、その隋の政治制度をそっくり採り入れ、大興城（長安）、洛陽を受け継ぎ、南北運河が生み出す富を享受している。

「朕は煬帝の遺産で生かされているだけか」

太宗は苦い笑みを浮かべながら、皇后に問うた。皇后は、天命だと思いますと控えめに言った。

「天命とな？　遠慮なく言ってほしい」

太宗は皇后の手を取って、言った。日頃、治世に関して自ら口を開くことを固く差し控えている皇后に、その真意を聞きたいとき、太宗は皇后の手を取った。

長孫皇后は、恐れながらと、深く頭を下げ、口を開いた。

「ただ、総持《そうじ》さまは立ち止まって善し悪しを検討する余裕を天から授からなかったのでしょう」

長孫皇后は極々内輪の場で、煬帝の名を口にするときは、その法名である総持を使う。煬帝という唐朝が贈った不吉な諡で呼ぶことに納得しがたい思いがあった。

「それがなかったからこそ、民を動員し、その苦しみと犠牲を顧みることなく、南北を結ぶ大運河を完成させました。天命だったのです。天は南北の地を結び、天下を一にするために、総持さまをその道具として使われたと思います。しかし、総持さまはそれを天の命と悟られず、自分の意思だと思われたのでしょう」

「さすれば、高句麗遠征も天命ではなかったということか。三度の失敗の果てに、隋が自滅したのは、天命ではなく、煬帝の私心による遠征だったからだな。天の理に背いたということか」

皇后は、太宗の目をしっかりと見つめ、はいと答えた。

「朕への天命は何か。恐れず、言ってほしい」

長孫皇后は、民が安んじて暮らせる平和な御世を、持続させることだと思いますと、控えめに言った。

最晩年、太宗はこの時の皇后との会話を思い出した。

貞観十九年（六四五）の高句麗遠征の失敗の後だった。高句麗の内紛に乗じて、太宗自ら兵を率いて、大規模な侵攻を行った。

煬帝の高句麗遠征は、私心の征服欲であって我が遠征とは違う。帝国の東北の安定をめざし、帝国の持続的な安寧をもたらすもの、と太宗は強く思った。

二月に侵攻を始め、およそ半年後の九月、荒天と厳寒のなか、多大な人的被害を出し、みじめな退却となった。

天の理に非ず、なのか、太宗は思った。私心が成す親征ではなかったのに、なぜ？今は亡き長孫皇后に問うた。皇后は少し寂しげな表情をしたが、黙したままだった。

高句麗への親征を決断したとき、太宗の心には煬帝と比較している自分があった。煬帝は失敗したが、自分は失敗しない、武人として自信が頭をもたげた。煬帝が成し得なかったことを自分は成し遂げることができる、強い自尊心が頭をもたげた。正史は我が功績を刻む、名誉心が頭をもたげた。

我が高句麗遠征は私心であって、天命に非ず、だったのか、太宗は再び亡き皇后に問うた。皇后がいてくれていたら、と密かに嘆き、涙した。

太宗の高句麗遠征の失敗について、もし、直諫で知られる魏徴《ぎちょう》がいたならば、という嘆きは伝えられているが、亡き皇后への嘆きは伝えられてはいない。

蘭亭序草稿の行方が知れた。江南の湖州太湖のほとりに建つ永欣寺《えいきんじ》にあるという。それを知った太宗は、人を遣り、策を弄して草稿を手に入れた。

蘭亭序草稿が手元に届いたその夜、太宗は草稿を携えて皇后の住まう承慶殿を訪れた。

太宗は皇后の寝台に腰を下ろし、皇后を引き寄せ、巻子本《かんすぼん》に装丁された草稿を広げた。太宗は、草稿の一字一字を指で触れると、その指先に、王羲之の手の動き、息遣い、心情がしびれるように伝わってくる、と皇后に熱く語った。

「その時の何ものにも囚われない自由な王右軍《おうゆうぐん》の心の動きを感じる。その自由は、朕を永和九年晩春の会稽《かいけい》山陰の宴に集う一人として招き寄せる」

皇后はその時の太宗の笑みを死ぬまで忘れなかった。至福の笑みだった。

「酔いが自由に加担しているが、酔いの中でこその軽やかな勢い、その酔いの心地よさが伝わってくる。見てみなさい」

太宗は、草稿が皇后に見やすいように、皇后の肩を寄せた。

「この書き出しの永和九年の最初の文字、永のわずかに緊張した書きぶりは、和に入るとすぐにもその緊張がほぐれ、その後は文字の大小も字間、歪みさえも気に掛けることもない。心の赴くままだ。その緩みは心地よい。ただ、それだけで筆は進んではいない。ふと酔いに任す己を引き締めるように緊張感が覗く。この絶妙な調和は神意としか言いようがない。意図して現れるものではない、ここを見てごらん」

太宗は草稿に指をあてた。

「崇山峻領、崇山を横に書き加えている。右軍の頭に嵩山はあったが、筆が飛ばした、おっと、いけない、嵩山を横に書いた。だが、それで調和は崩れていない。そればかりか、変化の妙をみせている。ここだけではない。こちらを見てごらん」

長孫皇后は太宗の穏やかで平和な横顔を楽しんだ。

「字を違えて、書き直している。ここは、墨で消している。何んら違和感がない、調和の内にある。そればかりか、この箇所は、心の解放の象徴とさえ思われる。ここも神意の流れそのものだ」

草稿を前にして、太宗は皇后に草稿の一字一句を感極まった口調で説明し、蘭亭序草稿への思いを、皇后に余すことなく語った。

昼間、弘文館学士たちの前では、この思いは太宗の口からはいささかも出なかった。

この日、弘文館学士全員が緊急に呼び出しを受けた。天下賢良の士、頭脳集団として、政治、学問への考えを提言するため日々交代で詰めていたが、一堂に会することは滅多にないことであった。

何のためかは、知らされていなかったが、学士たちはおおよそのことは解していた。

蘭亭序草稿が江南の地で見つかり、長安にもたらされるという噂は、皇城内に駆け巡っていた。

それが今日、皇帝陛下の手元に下った。今日の今日、それを弘文館学士たちに最初に披露する。学士たちは名誉この上ないと思いながらも、だからこそ、その表情は一様に強張っていた。

太宗が弘文館に出向いたときは、必ずや王羲之の尺牘を前に、出仕していた学士たちと飽きることなく語り合った。太宗の王羲之への思いを学士たちは知りすぎるほど知っていたし、太宗がその都度、蘭亭序草稿を是非見たいと、幼子が物をねだるような物言いをすることも、だ。

だが、今日の太宗は冷静さをことさら面に出そうと努めているように学士たちには思えた。実際、太宗はそう努力していた。

巻子本に装丁された草稿を長卓の中央に開き置くと、太宗は、遠慮がちに控える学士たちを、招き寄せた。学士たちは恐る恐る覗き込んだ。覗き込んだまま、押し黙った。誰もが、思いを軽々しく言葉にすることを恐れているようだった。太宗の次の言葉を待っていた。だが、太宗は黙したままだった。

なぜかこの時、太宗の脳裏に詩を詠う煬帝の姿が唐突に浮かんだ。静寂たる夕暮れの長江を描く。長江の畔に一人寂としてたたずむ煬帝。それは己の欲望の赴くまま、贅の限りを尽くしたという暴虐の皇帝の姿ではない。心のうちのものさびしさを繊細な言葉で紡ぐ孤高の人、それは太宗が望んでも得られない、煬帝のもう一つの姿、詩人揚広だった。

なぜ、ここで煬帝が現れる。太宗は戸惑った。王羲之への強い思いを素直に出せということか。煬帝への複雑な思いが、頭をもたげていた。

王羲之への傾倒は、文人煬帝への対抗としてあるに過ぎん、という思いは心の奥底の淀みに絶えずあった。それが煬帝の姿となって現れた、太宗は苦く思った。

いかがか、太宗は煬帝の影を払うように言った。学士たちはやはり押し黙ったままだった。

幻となった蘭亭序草稿が、目の前にあることが信じられなかった。一瞬、偽物？と疑う者もいたが、それはおくびにも出さなかった。

蘭亭序の草稿の存在そのものを否定する者もいた。王家で秘匿されたと聞いてはいたが、それは伝説の類で、王右軍は清書した後、自ら処分したに違いないと思う者もいた。それを前にしても俄かに信じがたく、疑いの目で見ていた。

ただ、多くの学士たちは、これぞ蘭亭序草稿か、と疑うことなく見ていた。だがそれは神品であって、学士といえども軽々しく感想を口にすることを恐れた。神品について紡ぐ言葉が口から出るはずもないと恐れた。

一人、それらとは全く違った思いで、それを凝視していた人物がいた。強い自責の念に駆られ、ここにおることは耐えがたく、かろうじて立っていた。虞世南《ぐせいなん》だった。

「虞永興《ぐえいこう》、いかがじゃ」

太宗は公の場で虞世南に声をかけるときは、永興《えいこう》県公の爵位で呼ぶ。

虞世南は兄の虞世基《ぐせいき》が煬帝に召し抱えられた時、ともに隋の都城、大興城に赴いた。宇文化及《うぶんかきゅう》の反乱で煬帝が殺され、虞世基も連座された際、虞世南は兄の助命を自らの命と引き換えに嘆願したが、聞き入れられず、その後宇文化及に従わされ、苦悩、苦痛に身を置いた。

宇文化及の敗死後、唐に仕え、李世民が二代皇帝の位につくと、重用され間近に置かれ、秘書監に至った。

太宗は虞世南の徳の高さ、律儀さに深い信頼を寄せ、その博識、書才、文才を高く評価し、時には忌憚のない政治的意見を求めた。

太宗は、虞世南の滲み出る温かみ、物静かで、気品のある人間味、そして、強い正義感を愛していた。虞世南とともに王羲之を語り合うことは、太宗にとって楽しみであり、喜びだった。

虞世南が弘文館に出仕するのは、数か月ぶりだった。虞世南は、王羲之をはじめ、御符所蔵の古の真蹟を整理する事業が終えた後、体調を崩し、出仕を控えていた。

太宗は蘭亭序草稿を手に入れたとき、それを誰よりもまず、虞世南に見せたいと強く思った。虞世南の体調不良は、草稿を目の前にすれば、必ずや良くなると、思ってのことだった。だが、太宗の期待に反して、虞世南の表情は重く、苦しげに見えた。太宗は虞世南の体調が予想以上に悪いと心配した。

虞世南は目の前にある草稿を、見続けていた。草稿が今、ここにあることの責任を強く感じていた。師の永禅師・智永《ちえい》への裏切り、虞世南は自分を激しく責めた。それでも、草稿から目を離さなかった。

やはり永欣寺にあったのか。皇帝陛下が永欣寺探索を命じたのは、自分の一言だったことを今、虞世南は思い知らされた。師は何故に永欣寺に留め置かれたのか。

四十数年前、師の永禅師から見せられた時は、蚕繭紙《さんけんし》そのままであったが、目の前のそれは巻子本として装丁されていた。脳裏に焼き付けられていた草稿と、目の前にあるそれとは見紛うことなく重なっていた。あの時の師の言葉が蘇っていた。

草稿は王一族が秘匿し、引き継ぐもの。これが世に出れば、天下争乱の災いの種となる恐れあり。草稿が世に出ることはない。お前が、これを再び目にすることはない。王書法を受け継ぐ者として、これを脳裏に焼き付けておいてほしい。

偽物であってほしい、虞世南はそう思った。五十年の歳月を経ての再会だったが、それは疑いの余地もないあの時のものだった。

智永は隋朝になると、永欣寺を離れ、大興城の寺に移り、そこで没している。虞世南が隋朝に仕えるため大興城に赴いたときは、すでに智永はこの世になく、再会は果たされなかった。

恐らく草稿は秘匿され、師の死とともにこの世に二度と現れ得ない、と虞世南は思っていた。しかし、師の意思に反して、世に現れた。師は手元に置かれなかった。湖州永欣寺にそのまま残し、後継の住職にそれを託した。なぜに師はそうされたのか、虞世南は草稿を見続けながら思った。

師は大興城に赴く際に、それを持っていくのを避けられた。江南にあってこその蘭亭序草稿というわけではあるまい。手元にあれば、いずれ隋朝の手に渡ると恐れられたためか。

ではなぜに、王一族に秘匿されるはずのものを他人に委ねられたのだ。王一族に信頼に足る者がいなかった、そうなのか。だが、他人であれば神品と言われるほどの草稿を秘匿する重圧に耐えかね、いつしか口外する危険は大だ。師ほどの人がそれに気づかれないはずはない。

師が大興城に来たのは、自らの意思ではなかった。煬帝か、虞世南は思った。煬帝、当時晋王であった楊広は、陳討伐の総帥として江南に赴いたときに、憧れていた江南の文化に触れ、その極致にある蘭亭序草稿を手にしたいと思った。

永禅師の許に草稿があることは、世に知られてはいなかった。楊広であってもそれを知るはずはない。ただ、王羲之直系の永禅師であれば、草稿の行方を知っているかもしれない、と楊広が思っても不思議ではない。楊広は師を大興城に招いた。招いたというより、有無を言わさず連れて行ったのだろう。

師は草稿を手元に置くことの危険を避けられた。急ぎ後継の住職を決め、その者に草稿を託された。それすら危険ではあったが、その選択肢のほうが、よりよいと考えられたのだろう。

王羲之直系の子孫であれば、秘匿することの重要さ如何にかかわらず、守るべき遺命として、頑なに守り通すだろう。だが、後継の住職は、秘匿の重要さを永禅師からくどいように言われていたとしても、時を経て次第にそれが薄れ、その口の端に上っても不思議ではない。

王右軍をこよなく愛し、その真蹟収集に並々ならぬ力を注いでおられる陛下の耳にそれが届くには、時を待たなかった、それが、あまりに軽率な自分の一言だったということを虞世南は今、知らされた。虞世南は臍《ほぞ》を噛む思いでそれを見続けた。

未だ永欣寺にあったとは、虞世南はふっ、と息を洩らした。

その吐息は、虞世南が師智永の願いを葬った責に堪え切れず、思わず洩らしたものであることを知る者は誰もいなかった。

「虞永興、いかがじゃ」

虞世南の吐息を聞き漏らさなかった太宗は、同じ問いかけをした。その吐息は、草稿を凝視し続ける虞世南の深い感慨が、忍びやかに洩れたと解した。太宗は虞世南の言葉を期待した。手放しで褒めそやす物言いは決してしない、虞世南の含蓄ある言葉を自分が、どう解するか、太宗は楽しみだった。

「蘭亭序草稿であると思われます」

それだけ言うと、草稿から目を離した。重く、沈んだ表情は変わらなかった。

太宗にとっては、思いもかけない言葉だった。草稿そのものであるかを聞いたわけではなかった。それは疑うことのないことは解りすぎるほど解っている。初めて草稿を見て何を感じたか、その思うところを聞きたかった。

太宗は、その言葉にむっとした表情を浮かべた。未だかつて抱いたことのない、虞世南への思いだった。だが、すぐにそれをひっこめた。世南は疲れている、体調は予想以上に悪い、太宗はそう納得した。

虞世南のその言葉に、あれっ⁉　といぶかしく思った人物がいた。虞世南の隣にいた褚亮《ちょりょう》だった。

褚亮は陳の滅亡後、隋の皇太子楊勇に仕えたが、弟の晋王楊広が二代皇帝煬帝となると疎まれた。

隋の将軍楊玄感が煬帝の高句麗遠征の際に反乱を起こした。反乱は三か月で鎮圧されたが、その余波が褚亮を襲った。煬帝は、褚亮が楊玄感と友好的であったと、取るに足らない瑣末事を以て反意ありとこじつけ、西域に接する辺境西海郡に左遷させた。

隋末期の争乱のとき、軍人であった薛挙《せっきょ》は、西域に通じる要衝の地、隴西《ろうせい》郡を支配し、皇帝を自称した。西海郡にいた褚亮は、招かれ、その側近となった。その後、薛挙軍は、隋、唐軍と連戦し、一時は唐軍をも破るほどの勢いを示したが、結局、李世民に滅ぼされた。

褚亮は生き延び、唐に降《くだ》った。李世民に仕えた褚亮は、武器の管理役である鎧曹《がいそう》参軍となり、秦王軍に随って統一戦争を戦った。陣中にあっては専ら謀略面の助言にあたり、李世民の信を得た。李世民が二代皇帝となると、皇帝の側近の任についた。併せて、その弁才、文才を以て弘文館学士に就いた。

今、褚亮の脳裏には、建康の欧陽詢《おうようじゅん》の家で、草稿を見たと虞世南が告白した日のことがありありと蘇っていた。草稿との再会だ。五十年になんなんとする歳月をまたいでの再会、伯施《はくし》殿は蘭亭序草稿との再会をどんな言葉で紡ぐだろうと褚亮もまた、期待していた。

褚亮は、不覚にもあの時の虞世南の自責の念を覚えていなかった。虞世南の口からついて出た言葉は亮にとってあまりに拍子抜けだった。

別の思いを抱いていた者もいた。褚亮の隣に立つ欧陽詢だった。その脳裏には、建康の我が家の書卓に広げられた、虞世南が書した蘭亭序草稿の偽蹟がありありと浮かんでいた。

あの時、伯施殿は言った。永禅師から見せていただいた草稿が脳裏に焼き付いていた。それを書したいという欲に抗えず、師の意思に反して筆をとった、と。そして、これがそれと言って、蚕繭紙を広げた。

目の前にある真蹟と、虞世南があのとき書した偽蹟は恐ろしいほどに重なる。

あの後、虞世南の書した偽蹟を頭に刻んだ欧陽詢がさらに書した。

虞世南はその書を見て、序の真蹟と同じ息遣いを感じる、と言った。正確無比に臨模されたものということではない、精神の同調がそこにあると言った。

欧陽詢は今、真蹟を前にして、あのとき虞世南が、もう一つの蘭亭序草稿がここにある、と言った言葉が蘇った。

今、欧陽詢自身もそれを認めた。だが、あれは偽物だ、と詢は恐れ、思った。身震いを隠せなかった。そして、処分しておいてよかったと、安堵した。ふっ、とため息をついた。太宗は欧陽詢のそのため息を見逃さなかった。

「渤海老《ぼっかいろう》、いかがじゃ」

太宗は欧陽詢の爵位、渤海男《ぼっかいだん》をもじった名で呼んだ。太宗自らがつけた名だが、他の者がその名で呼ぶことはなかった。

太宗は虞世南とは違い、欧陽詢とは打ち解けた気持ちで話すことはなかった。虞世南には政策への提言を求めることはしばしばあったが、欧陽詢にはなかった。

欧陽詢の博識は天地人すべての領域に通じ、すべての書体を巧みに書する技量は、他の追随を許さないことは、大いに認めていた。だが、敬意が伴っていたかというと、その気持ちは薄かった。

かつて虞世南は、王羲之の尺牘を臨書する者で、王羲之と同調できる者は、欧陽詢をおいて他にない、と太宗に言ったことがあった。

その時、太宗は即座に、

「何を言う、それはおぬしのことであって、欧陽詢にあらず」

と、笑って否定したことがあった。

　太宗は江南の地で生まれ育ち、王羲之を学んだ欧陽詢が、北朝魏晋の書法に傾倒したと聞き及んだ時に、書への自分の思いと大いに異なることを悟った。なぜに、王羲之に始まり王羲之に終わらぬ、太宗は欧陽詢に不満をおぼえていた。

　太宗は口には出さなかったが、その頃真書と呼ばれていた楷書には好感を抱くことはなかった。太宗が九成宮醴泉銘《きゅうせいきゅうれいせんめい》の碑を、長孫皇后と初めて見たとき、皇后は、刻書を見て言った。

「果てなく続く草原の夕暮れ、その澄み切った西の空にかかる眉月の清冽な美しさを感じます」

　北方の地に生まれ育った皇后の素直な感想だった。

　九成宮醴泉銘の碑とは、避暑のための離宮である九成宮で醴泉が湧き出たのを記念し、建立された石碑である。侍中の魏徴が文を撰し、欧陽詢が筆を成した。その書体はのちに楷書法の極めつきと称された。

「あの老猿公の容姿、容貌からは考えられぬな」

　太宗は揶揄するように言った。

「恐れながら陛下、他の者たちの前では口になされなきように」

皇后は、控えめに言った。太宗の欧陽詢を見る心の根には、小柄で猿顔の容姿、容貌への侮蔑が潜んでいた。太宗は顔を赤らめ、同時に皇后をそう言わしめた欧陽詢に嫉妬を覚えた。

太宗の問いかけに欧陽詢は、自分でも思いがけない言葉を口にした。

「神品がこの世に出でて、神品非ざるものになりました。秘匿されておくものでした」

居並ぶ学士たちは欧陽詢のその言葉に驚いた。

草稿を手にした太宗への非難ともとれた。褚亮は太宗にはっきり物言う虞世南には似つかわしい言葉を、慎重に言葉を選ぶ欧陽詢が言ったことに驚いた。後で褚亮がなぜに、あの時あの言葉をと、聞いたとき、欧陽詢は、自分でも解らない、とだけ言った。

虞世南はその言葉を聞き、はっとして欧陽詢を見た。蘭亭序草稿を前にして見続ければ見続けるほど、師智永の無念さが草稿から湧き上がってきた。信本殿は師の無念さを代弁されたのか、と思ったほどだった。

太宗は憤りを抑えていた。蘭亭序草稿を前にして、学士たちの驚き、賞賛でその場が沸き立つと思っていたのが、白けたような場になったことに、憤りを覚えた。が、太宗はそれを心の底にかろうじて押し込んだ。

この昼間の不愉快な思いを、夜に長孫皇后を前にして、振り払った。二人で飽くことなく草稿を見、語り合った。太宗にとって至福の時となった。

その夜以来、太宗は長孫皇后と寝所を共にするときは、蘭亭序草稿を必ず広げた。二人して鑑賞し、語り合うことが太宗の大いなる楽しみとなった。太宗の草稿への思いは、一段と強いものとなった。

そんなある夜、皇后が、草稿を二人だけの楽しみとしてよろしいのでしょうか、と問うた。太宗は、草稿を弘文館学士たちに初めて見せた時のことを苦い思いで語った。

「神品ゆえに言葉にすることが憚られたかもしれませぬ。それに陛下の思いが強いゆえに、怖れられたのでしょう」

皇后は、慎しみ深い口調でそう言うと、続けた。

「渤海男公の言葉をそのまま、受け入れられたらいかがでしょう」

どういうことか、太宗が聞いた。

「恐れ多いですが、神品非ざる草稿をお作りになされては」

太宗がなおも、怪訝な表情を浮かべると、皇后は応えた。

「摸本を幾多作り、多くが目にすることができるようにされては、と思います」

「偽物作りか、それではいずれ真蹟と見紛うことになる」

「摸本は陛下の印を押されたらいかがでしょう」

太宗は何かに気づいたように、はっとした表情をし、

「草稿を天下に遍く開示することは、大いに意義あること。神品に玉璽とは、恐れ多い。そなたの言う通り、摸本に印することで摸本の証とする」

と、太宗は気の高ぶりを隠さず、言った。

蘭亭序草稿の複製作りはすぐに始められた。真蹟を正確、精緻に写し取る技術は、王羲之の多くの尺牘や古書の模写により、実証済みであった。太宗はそれと並行して、虞世南、欧陽詢らに臨書させた。

蘭亭序草稿の複製本は、臣下に下賜され、多くの者たちがそれを目の当たりにすることができた。真蹟は名実ともに神品となった。

蘭亭序草稿の複製作業が一段落した頃、太宗は弘文館で、学士たちに問うた。

「王家の伝承として、蘭亭序草稿を得るがため天下大乱の種となる恐れがある、ゆえに秘匿されたと聞く。摸本が数多作られた今、真蹟は文字通り神品となった。だが、神品を得るがために、天下大乱の種となる王家の懸念はさらに高まった。いかがすべきか」

虞世南が真っ先に答えた。

「今、真蹟は陛下の許に置かれております。真蹟を天下の宝として、速やかに公の管理下に置かれるべきと考えます。真蹟は、あえて恐れず申し上げますが、王朝が交代しようとも天下の宝物でございます。一王朝が私するものではございません。正史にそう規定し、公の物として引き継いでいけば、真蹟を天下争乱の具に貶めることはなくなると思います」

虞世南はそう述べ、正論であった。他の学士たちも一様にうなずいた。

虞世南は草稿の複製作業の監修を太宗から命じられた。虞世南としては、草稿が明るみに出た今、その価値を、天下万民に知らせることこそ、師智永への恩義であり償いと考え直した。虞世南は心の臓を病んでいたが小康を得、任じられた役割を意欲的にこなした。

複製作業の監修のさなかに、太宗は弘文館によく顔を出した。虞世南と蘭亭序草稿について語り合うことが楽しみであった。そんな折、太宗は虞世南に本音を洩らすことが多かった。

「世南、朕が摸本を多く作らせる意図は、この真蹟を我がものにするための方便ではないかと思うようになったぞ」

本音とも冗談ともとれるような物言いだった。実際、真蹟は太宗から離れることはなかった。摸本製作のために真蹟が一時手から離れると、夕刻には必ず手元に取り寄せるほどであった。

「陛下、草稿へのあまりの思い入れは、草稿の価値を偏らせます。皇帝に位する者は、ものの見極めは、冷静、公平でなければなりません」

「朕の草稿への評価は、冷静な目で見た分析の結果ぞ。それはおぬしがこれを見ると同じ目と思っている」

「では、手元に置かれることはおやめください。これは天下の宝物であり、陛下が私するものではありません」

「それは別の話だ」

弘文館で虞世南が太宗に提言したことは、実現されることはなかった。長孫皇后が亡くなると、皇后との最も思い出深い品となり、片時も離したくないという思いがさらに募った。

いずれ、我が命が尽きたとき、あの世で再び皇后とともに草稿を見ることが楽しみだと思うようになった。

四　虞世南の苦悩

貞観十年（六三六）、この年、太宗は最も身近な者たちを亡くしていた。一人は最愛の長孫皇后、もう一人は三女の幼子、妙南公主だった。

太宗はその後、皇后を立てなかった。太宗にとっての皇后は、長孫皇后以外、あり得なかった。皇后と蘭亭序の草稿をともに鑑賞した時の至福の喜びが思い返され、密かに涙した。

皇后の死後、太宗は甘露殿の寝所で眠ることが少なくなった。甘露殿の執務室での執務後、隣室の書房に入り、一人蘭亭序草稿を鑑賞した。皇后亡きあとの心の空白を埋めてくれるのが、草稿の真蹟だった。

そこで時を過ごすと、寝所に向かうのが億劫になり、その場で眠ってしまうことがあった。恐れ慌てた近習の者たちが、恐る恐る太宗に声をかけることがしばしばあった。

魏徴《ぎちょう》が、お身体に差し障ります、寝所でお休みくださいい、それに内廷の者たちが毎夜、安らかになれません、と言うと、

「朕の身体の心配か、近習の者たちへの配慮か、どちらだ」

と、太宗はむっとした感情を抑えつつも、嫌みな言い方をした。

「陛下のお身体を第一に考えております。陛下の身を守る近習の者たちへの配慮も、陛下のお身体のためとお考えください」

魏徴は、動じず答えた。

「戦場においては、どこでも寝られるのは武将の心得だ。岩の寝床であっても、寝心地のよさを感じるのが戦場での眠りだということをそちは知らないとみえる」

太宗はさらに嫌みたっぷりに言った。

「戦場は生きるか、死ぬか、単純そのもの、眠りも同様と思います。平時の理屈ではありません。平時の多忙は多岐にわたり、神経を使います。不安定な眠りでは、神経は休まりません。それがご聖断を狂わせることとなります」

魏徴は臆せず言った。

「そちは内向きのことまで言うのか」

太宗の表情が険しくなった。

「内向きも、外向きもありません。陛下あっての天下の安寧です。陛下のお身体の安心は、天下の安寧と同義でございます」

「都合のいい、物言いだな」

太宗は苦笑いした。

「陛下、恐れながら、書房に寝台を設《しつら》えてはいかがでございましょう」

魏徴の提言で、書房に寝台が設置された。書房は以前にも増して太宗の心の拠り所となった。

太宗は草稿の真蹟を目にした後、書房の床につくと、瞼を閉じ、永和九年の晩春のあの時、会稽《かいけい》蘭亭の光景に想いを馳せる。

太宗の瞼の裏に、蘭亭曲水の宴が終わり、参加した面々が酔いに任せて思い思いに過ごす様子が映し出された。小さな流れの畔に建つ粗末な四阿《あずまや》の柱に、だらしなく胸をはだけた王羲之がもたれている。

筆が走り、王羲之の頬に笑みが浮かぶ。筆が止まり、表情が引き締まる、と再び、笑みが浮かび、筆の走りは少し緩やかになる。竹林を抜けた南からの風が、王羲之の白いものが混じった顎鬚《あごひげ》をなでていく。太宗の瞼は重くなり、蘭亭の光景が次第に薄まり、眠りに誘われる。それが長孫皇后を亡くしてからの習いとなっていた。

だが、今夜は違っていた。書房の寝台に身を横たえた太宗だが、目はさえていた。梟の鳴き声が耳に入ってきた。梟は不吉な鳥とされている。宮城の北端にある庭園の池に獲物を求めて飛んでくる。皇后が亡くなる前夜も梟の鳴き声が聞こえ、宦官、女官が不吉さを恐れ、立ち騒いだことが、昨夜のことのように思われた。

蘭亭は闇に包まれ、蒸し暑く、風はない、太宗の目はさえていた。その原因は太宗には解っていた。

それは今日の朝議にあった。内廷両儀殿で行われた評議の中心は昭陵についてであった。

夏が去ると、長孫皇后の陵墓造営が始まった。のちに太宗の陵墓ともなる昭陵である。

すでに皇后陵墓は、いずれは太宗の陵墓となることが決まっていた。陵墓は墳丘とせず、山稜を活かしたものにした。その造営にあたっての土木工事で、人民の労力の軽減を図るためだ。太宗の考えだった。

太宗には、多大な人民の労力を犠牲にした南北運河の大工事、大興城、洛陽建設を成した隋朝煬帝《ようだい》との相違を天下に知らしめる意図があった。父の高祖李淵が隋の大興城をそのまま、唐の長安城としたのと同じ意図だった。

この日の朝議の列席者は少数で、太宗の義兄である長孫無忌《ちょうそんむき》、太宗の血縁にあたる李孝恭《りこうきょう》、詔勅を審議する門下省の長官、侍中として太宗に侍する魏徴、今は亡き杜如晦《とじょかい》とともに玄武門の変に功を成した房玄齢《ぼうげんれい》、と忌憚なく意見を述べる政権の中枢に位置する者たちであった。

朝議が終わりに近づいた頃だった。案件が決した後は、太宗は案件外の話題を臣下に振ることがしばしばあった。

この日も、義兄の無忌に、蘭亭序草稿の摸本はいかがであったかと、問うた。摸本が臣下たちに賜されたとき、太宗は最初の摸本を無忌にと思っていた。それを妹の長孫皇后から伝え聞いた無忌は、皇后を通して私への下賜は、後々にと頼んでいた。無忌がそれを手にしたのは、皇后が亡くなった後だった。結果として、無忌に下賜されたのは、最後となる最終版のものだった。

長孫無忌は玄武門の変ではその計画を定めるなど、最重要の役割を担っていた。その後、太宗が即位すると、昇進を重ね、貞観の治世を牽引していった。太宗の無忌への信頼は厚く、重用した。

ただ、無忌自身は皇帝の外戚であり、太宗擁立の元勲である立場が一つ間違えれば、太宗の治世を大いに揺るがすことを理解し、恐れ、自制した。尚書右僕射《しょうしょうぼくや》として宰相の地位にあったが、それから辞することを願い出て、許されたこともあった。

それでも、太宗の無忌への信頼は変わらなかった。皇后の兄であり、年齢もほぼ同じ、自らを律する心が強く、太宗としては忌憚なく物が言える一人だった。

「陛下と皇后が草稿を共に見合う姿を想い浮かべ、不覚にも涙を落としました」

問いの答えにはなっていない無忌の言葉だった。

長孫無忌は朝議の場では自ら意見を述べることはなく、求められて初めて意見を述べる。この時も、この場の臣下では最も若い年齢であり、評議の内容である昭陵造営は、妹である皇后にも関わることでもあり、意見を述べることはなかった。太宗もまたそれを慮り、あえてそれを求めなかった。

太宗としては、無忌が蘭亭序草稿をどう見るのか、大いに関心があった。学問を好み、古今の知識に精通、文も能くする無忌は、弘文館学士たちに勝るとも劣らない学才、文才に秀でた人物であった。

長孫無忌は北方魏晋の書を好み、特に岩石に刻字された磨崖碑の素朴で力強い、隷書の趣を含んだ楷書を愛した。

それらの書は、王羲之の書とは対極にある、と太宗が思ってのことだ。

太宗としては、草稿の摸本を見た無忌の書の見方が劇的に変わったであろうと期待しての問いかけだった。無忌が返した言葉は、肩透かしもいいところだった。それでも、それを境にして、その場は長孫皇后の思い出話に話が咲いた。

後になって長孫無忌は、あの時、自分の返答がきっかけになり、皇后の思い出話に及んだことを大いに悔やんだ。それは太宗が、洩らした言葉がその場で物議を醸したことに端を発していた。

「今にして思えば、草稿を皇后と共に見ることは格別の思いだった。草稿は愛しい品となった」

太宗の表情にこみ上がる想いが浮かんでいた。それに呼応したのが、李孝恭だった。

李孝恭は皇族の一員であるが、隋朝崩壊後の統一戦争では南方の主将として戦功をなし、初代皇帝高祖に続き、太宗からも重用された。

「神品は天下りして陛下の愛品となりましたな。恐れ多いことですが、昭陵に副葬され、皇后と楽しまれてはいかがですか」

李孝恭は太宗にへつらったわけではなかった。李孝恭には、蘭亭序草稿がのめり込むほどの価値あるものという意識はなかった。草稿だけではない。王羲之に限らず、古からの墨跡に思い入れる価値観は持っていなかった。

派手好きで知られた李孝恭の専らの興味は、歌舞音曲で、それも西域の華やかな美女の舞いこそ、天下の舞いと称して入れ込んでいた。かねてから蘭亭序草稿が神品と持てはやされることに首を傾げていた。王羲之の子孫が、天下大乱の種となることを恐れ、草稿を秘匿したと伝えられたことを、王羲之を聖人とするための小賢しい策としか解さなかった。

天下大乱の種となるのは、天下の美女であり、それは傾城傾国の故事として歴史が伝える事実である。粗末な蚕繭紙《さんけんし》に記した下書きにそんなことはあろうはずはないと密かに思っていた。現実主義者の彼ならではの思いであった。

李孝恭は、陛下がこれほどに思い入れ、それも皇后との思い出のあるものであれば、愛品として副葬することは、自然なことで何ら問題ないことと、解した。

李孝恭の言葉は太宗にとっては思いがけない言葉だった。先年、弘文館で草稿真蹟の扱いを話題にしたとき、虞世南《ぐせいなん》から手元に留め置くことを非難されてから、太宗はそのことを意識するようになっていた。

「陛下の治世が長く平穏な世であったという証を副葬品に求めるとするならば、蘭亭序草稿の真蹟ほど適したものはないと思われます」

この場で最年長者である房玄齢が、持って回った言い方をして、李孝恭の言葉に賛意を示した。

先年太宗が、創業と守文とではどちらが難しいか、と問うたとき、房玄齢は、「創業を難《かた》しとなす」と答えた。

房玄齢とすれば、秦王李世民《りせいみん》に仕え、主と共に統一戦争を戦い、唐室の骨肉争う玄武門の変に勝利し、皇帝への即位に至った道は甚だしく難行であった。道がわずかでも違えば、それは成し得なかった。房玄齢の実感であった。

治世が安定し、平穏無事な世の有難さを思えば思うほど、創業に至る苦難の実感は強い。その思いが、李孝恭が言ったことの賛意へ繋がったのだった。

「草稿真蹟が神品と世に伝わったのなら、それを私してはなりませぬ」

魏徴が言った。

「統治に責任負う者が、私欲を以てすれば世がいかなることになるかは、陛下はよくご存じのはずです」

太宗には魏徴が異を唱えることは、解っていた。煬帝の統治を引き合いに出すことでもある。

「先年、虞永興《ぐえいこう》殿が弘文館において、天下の至宝真蹟は、公の管理のもとに置くべきと提言されたと聞いております。陛下はそれには何ら応じることなく、自らのもとに置かれておられます。草稿の真蹟は神品として天下に流布されています。それを陛下であるからこそ、私することはあってはならないことです」

魏徴は、虞世南の言葉を引き出して諫めた。

魏徴、字は玄成。太宗の実兄であった皇太子李建成の側近だった。太子と世民兄弟の仲を裂き、世民を除くことを謀った玄武門の変の原因を成した主要な人物の一人でもある。

帝位についた太宗はそのことを魏徴に詰問すると、太子が私の諫言を聞き入れてくだされていれば、太子は殺されることもなく、陛下も帝位につくことはなかったでしょう、と臆することなく言ったという。兄弟殺しの負い目から、懐の深さを意図的に見せたとも取れるが、魏徴のその言葉から、太宗は却って魏徴を信任し、自らの非を遠慮容赦なく諫める役割を彼に求めた。

創業と守文とではどちらが難しいか、の太宗の問いに、魏徴は守文が難しいと答えた。

文治を以て経国済民を為すことは、帝位にある者が自らを律し、公平公正な統治があって初めて実現できる。帝位にある者が統治に私心を抱き、それを自制することを疎かにすれば、それは臣下にも伝わり、王朝の箍《たが》は簡単に緩む。一時の勢いで建国したとしても、持続させることの難しさを、魏徴は肌で感じ取っていた。

「陛下、真蹟は永興公の提言通りに、王朝を超えた天下の至宝として、公で管理すべきものです。陛下は大唐の頭であって、大唐そのものではありませんぞ。陛下が望むことすべてが陛下に帰することはありません。そう思われていたら、大唐はいとも簡単に末路を迎えます。陛下の副葬品とすることは愚かな提案です」

魏徴は李孝恭の思い付きの提案を愚かとして、退けた。

「いやいや玄成殿、いささか、厳しい言葉、まいりましたな」

李孝恭はにこにこした表情で言った。強がりの笑みではない。生来の人のよさが出ただけである。歌舞音曲を好む派手好きな人物であったが、人を悪しく言うことを好まず、心広く、目下の者たちにもおごり高ぶった様子を見せない。太宗が重用したのも、そんな人柄あってのことだった。

「王家が天下争乱の種となるとして、秘匿したということであれば、明るみに出た今、改めて皇帝陵墓に公として納めることで封印すれば、秘匿すると同じ意味となりましょう。公的管理の一方法と思います」

房玄齢が李孝恭に助け舟を出すように言った。

「天下の至宝を私することを、小賢しい理屈をもって正統化すれば、子供でも誤魔化しと気づきますぞ。天下を預かる皇帝の言にあらず、です」

魏徴の言葉は容赦なかった。太宗は苦い気持ちになっていた。魏徴の言葉はまさしく的を射ている。

解っておる、と太宗は苦い表情を出したまま、言った。だが、魏徴の正論がそのまま太宗の腹に納まることはなかった。その場に気まずい沈黙が流れた。

「昭陵の造営は始まったばかりです。副葬品の話は、いくら何でも早すぎますな。いかがかな、趙国公殿」

房玄齢が長孫無忌に話を振った。真蹟の副葬は、陛下の皇后との思い出をお前が口にして始まったことだ、何とか収めろ、長孫無忌には房玄齢の言葉がそう聞こえた。

「副葬品のことは先々、それもかなり先のことです。今、それを話題にすることは、穏やかならず、です。されば、真蹟を納めるに長安城で最も安全な場所は、陛下の御書房であると、思います」

「なるほどそれはいい。金銀玉の財宝を納めるには非ず、です。一巻の書を納めるに、厳重な宝庫は必要なし。真蹟を安全に保護するに陛下の御書房は最も適した場所ですな。ただ、守り人となる陛下のご苦労を思うと、臣下たる者、心穏やかならず、です」

李孝恭はにこにこした表情で言った。太宗は苦笑した。長孫無忌には魏徴の固い表情がゆるんだように見えた。

太宗は寝台から身体を起こしたが、気分の不快さは昨夜のままだった。

昨夜、朝議が終わってから甘露殿に戻り、一通りの執務を終えると、書房に籠った。簡素な食事を書房に持ってこさせ、済ませた後、王羲之のいくつかの尺牘《せきとく》を臨書した。真蹟の扱いで不快にわだかまっていた心を癒そうとしたが、効果はなかった。臨書したものはひどい出来だった。王羲之から拒絶されたような気分になった。

皇后がいたら、昼間のことをさんざん愚痴にして、気分を一掃できたろう、と思うと、さらに気が滅入った。書棚にある蘭亭序草稿の真本が納まる文箱《ふばこ》に目を遣ったが、蓋に手をかけることはなかった。草稿を手にしても、王羲之から再び拒絶されると感じたからだった。

結局浅い眠りが続き、まんじりともせず、夜明けを迎えた。太宗は戦場での朝を懐かしんだ。目覚めもすっきりし、全身に力がみなぎり、この上ない生きた実感を全身で受け止める、と思ってすぐに、何と愚かな思いをと、振り払った。

李靖《りせい》を行軍大総管として吐谷渾《とよくこん》に遠征させ、平定したのは貞観九年（六三五）、二年前のことだ。これでしばらくは兵たちを戦塵にまみれさすことはないと思った。太宗は心底、戦いに倦んでいた。

それなのに、戦場の朝が懐かしいとは何事か。戦いを私心に落とし込める。それは戦《いくさ》を弄ぶ、私心に他ならない。私心で高句麗に遠征し、失敗した煬帝と同じとなる。目覚めが悪いとつまらない思いが湧いてくる。太宗は自嘲した。

虞世南のことが頭に浮かんだ。今、病に伏したままで、状態は芳しくないという。

この夏の初め、太宗の若くして亡くなった三女、汝南公主の墓誌の撰文と書を虞世南に命じた。命じるにあたって、虞世南の身体を心配した。無理であれば、それに及ばない、と伝えた。

虞世南は、病は小康を得ており、何ら支障はありませんと言い、応じた。仕事に妥協することがない虞世南だった。結果、病は高じた。太宗は、それを命じたことを悔やんだ。

ただ、その碑文は太宗にとっては、さすが世南と納得できる秀逸な出来であった。とりわけ書は、一見して蘭亭序草稿の気高さを思わせ、太宗はいつまでも手にしていたい、と思ったほどであった。病の身で書したとは思えない、みずみずしく潤いある、それでいて温かい筆致。だがそこに留まらず、筆勢は強く、死を悼む厳粛さが備わる。太宗は自分の悲しみを慮る虞世南の真意をそこに感じた。

お目覚めでございますか、近習の者の声が書房に届いた。まいる、と太宗はいつものように返事をすると、書房を出て、広い執務室に入った。目覚めの不快な気分は、遠ざかっていた。

虞世南が弘文館に姿を見せたのは、それからしばらく経った秋が盛りの日だった。天空は晴れ渡り、大気は澄み切り、彼方の南山、此方の高楼が青天に並び立つ。この日、太宗が弘文館に渡ると数日前に知った虞世南は病を押して出仕した。

出迎えた虞世南を見、太宗は驚き、心配した。

虞永興、無理はいかんぞ、と声をかけると、虞世南は、秋の佳き日を惜しんで、出仕しました、と穏やかな笑みを浮かべ、言った。

太宗は、お主と、是非話をしたかった、と言って、弘文館に保管されていた汝南公主墓誌の肉筆稿を持ってこさせた。それから一時《いっとき》にも及ぶ長い時間、墓誌のそれを前にして太宗と虞世南は話し込んだ。太宗が多く語り、虞世南がそれに受け応える、というういつもの光景で、話は自然と王羲之に行きつく。

話が一段落したときに、虞世南が、陛下、今日はお暇乞いに上がりました、と固い口調で言った。何のことか、太宗は突然の言葉に戸惑って、聞き返した。

「死期が迫っています」

虞世南らしく単刀直入な言い方だった。

「陛下には、秦王以来お側近くに、お取り立ていただき、身分の分け隔てなく親しく、言葉を交わしていただいたこと……」

虞世南は言葉を詰まらせた。涙がはらはらと零れ落ちた。

「型通りの言葉では、お礼の気持ちは言い尽くせません。されど、このまま病に伏し、陛下にお礼の一言も口にできず、この世に別れを告げることは、未練を残すことになります。恐れ多いことと思いながらも、お暇乞いに上がった次第にございます」

「何を言う、今も、王右軍の話で盛り上がったではないか。元気な頃の世南と変わりないぞ」

太宗は笑って言った。虞世南は黙ったまま、首を垂れた。

「この後、誰と王右軍の話をすればよい。皇后が身まかり、今またお主が離れようとしている。世南、まだまだ、王右軍のこと、話し足りぬぞ」

それが虞世南との最後のまとまった会話となった。

あの別れの日の後、虞世南は床に伏すことが多くなり、外出もままならぬ身になった、と太宗に伝えられた。改めて、虞世南の律儀さを感じた。

ただあの時、世南は蘭亭序草稿の真蹟がどうなるのか、一言も口にしなかった。世南の実直さを思えば、草稿のその後の扱いは、自分への礼の一言よりも重いはず。真蹟への心残りは今もあるはずだ。世南の言うように、真蹟は国宝として、国家の管理に委ねることがよいのではないか、太宗は、ふとそう思った。

北からの砂塵交じりの風が吹き始めた。宮城に霜が降り、冬の気配が迫った頃だった。

長安城の東北、皇城に近い広化坊は大官の屋敷が並び、昼間でも行き交う車馬人馬は少ない。長安城ではとりわけ静かな坊街である。街路のその静かさが冬の到来の間近さを特に感じさせた。その坊の一画に虞世南の屋敷があった。

虞世南が皇帝にお暇乞いを願い、それが許された半月後、虞世南は欧陽詢《おうようじゅん》と褚亮《ちょりょう》を屋敷に招いた。二人は陛下へのお暇乞いしたことを知っていた。その話だろうと予測して訪れた。

「私は再び大きな過ちを犯した」

虞世南の最初の言葉だった。虞世南の唐突な言葉に、二人は何のことか解せなかった。

「蘭亭序草稿が世に出たのは、私の軽率な一言でした。私は陛下の王羲之への思いを察する余り、師の永禅師を再び裏切ったのです」

二人は再びの言葉の意味を悟り、虞世南の苦悩の深さを知ることになる。

「あれは、王羲之の数多くの尺牘の真蹟を整理し終える頃、貞観五年の春も盛りの頃でした」

虞世南は言葉を絞り出すように話し始めた。

その日、弘文館に詰めていた私は、春の日差しに誘われ、一人庭に出ていました。晴れた空に棚引く霞、長くたれた柳の枝には若葉がそろい、微かな風に揺れていました。私は遥か江南の春に思いを馳せていました。

陛下の近習が、渡りを告げました。私は慌ててその場に跪き、陛下をお迎えしました。

陛下は、そちが参っていることを知ってのうえだ、気にするなと言われ、お付きの者たちを遠ざけられ、柳の下にある縁台に腰を下ろされると、私に座るよう促されました。

「何を想っていたのか」

陛下は、笑みを浮かべながら、問われました。陛下は、回廊から、私の様子をしばらく見られていたようです。私は年甲斐もなく気恥ずかしく思い、江南の春を、と口にしました。陛下との会話は、江南の春から当然のように王羲之の話になっていきました。

「朕の王右軍への思い入れをいかに思う」

陛下の唐突な問いに、私はしばらく口を開くことができませんでした。というより、その問いに答えることが不敬であるという思いが、私の口を塞いでいました。

私はかつて、陛下の王羲之への思いは、なぜ？　と自ら問うたことがありました。ただ、陛下の心を推し量ることは、もっての外であり、ましてやそれを口にすることは、許されることではないと思い、心の奥に秘していました。陛下の問いは、私にとっては、思いがけないことだったのです。

私は、陛下の王羲之への思い入れは、大唐帝国を背負う計り知れない重圧からの内なる支えと解していました。陛下にとっての王羲之の真蹟は、安寧の地を目指して困難な道を行く旅人が携えている水入りの革袋と同じではないかと。

隋朝滅亡後、長く戦場に身を置かれ、統一戦争を勝利に導き、大唐帝国成立の勲功第一であった陛下が、時を隔たず、骨肉相食む玄武門の変に勝利し、皇帝の地位に至られた。さらに東突厥《ひがしとっけつ》に勝利し、西北諸民族を従えて対外的勝利を収められ、大唐帝国の礎を盤石なものにされた。

だが、それらのことは陛下の一時の満足をもたらしたに過ぎない。陛下の心の平安は、一時のこと、私はそんな思いを抱いていました。

大唐帝国の安寧を持続させることは決して容易ではありません。皇帝権力の行使を一つ間違えれば、千丈の堤も螻蟻《ろうぎ》の穴を以て潰えるの喩えの如く、天下の破れに至ります。日々、自らを律し、制御する陛下の厳しさを私は思いました。王羲之に安らぎを求められていると思ったのです。しかし、この思いは、私ごときの者が口に出してはならないことです。陛下の心を探ることはあまりに不敬なことです。

私はそこで、咄嗟に陛下の質問から逃れるように、世南、お前は何故に右軍に思い入れる、という問いにすり替えました。

私は、ご質問を違えて申し訳ありません。恐れながら、私の王羲之への思い入れを述べさせていただきます、と言いました。陛下は、一瞬私の言葉が引っかかったようでしたが、しばらく考えてから、諾、と口にされました。

「断片的な尺牘を通して、王羲之の生き様を語ることは恐れ多いことですが、誤解を恐れず述べさせていただきます」

その時、私は老耄《ろうもう》の歳を追いやっていました。後からこの時のことを思い出し、年甲斐もなく気負った気持ちになっていたことを恥ずかしく思いました。

「会稽山陰での王羲之の逸民《いつみん》、隠遁の生活は、世俗の超絶に非ず、です。それどころか、その関心ごとは、日々の生活の多岐にわたり、喜怒哀楽をほしいままの生き様そのものです。未だ中原に復することのできない東晋の行く末を案じ、親友の政治的言動を憂い、無謀な北方との戦に憤る。政治から離れた身ながら、政治の関心はついて回っている。かと、思えば、自らの健康に一喜一憂し、果樹の栽培に手を染め、食べ物にこだわる。そうかと思うと、祖先の墓が荒らされたことに憤り、親類縁者の音沙汰ないことを心配します。遠方の友人との再会を待ち遠しく思い、尺牘の遣り取りを楽しむ。それは極々当たり前の日々の生活、人が、今を生きている姿です。人らしい人の姿がそこにあります」

私は、語り口が熱を帯びていることに気づき、落ち着こうと息を吸いました。穏やかな表情で、時折うなずくように聞いておられた陛下の表情に笑みが浮かびました。こんな私を見て、と思うと、年甲斐もなく顔が赤らむ思いでした。

陛下は笑みを浮かべたまま、続けよ、と目で促されました。

「王羲之は恐らく、政治権力を我が身から離したからこそ、世の事象が素直に見え、感情をぶつけ、極々当たり前の生活を、喜怒哀楽をほしいままに生活していたと思います。だからこそ、生きる関心はさらに深まり、持ち続けていった。逸民にして逸民に非ざる、そんな生身の人、日常のあるがままの王羲之の姿が、尺牘の断片から窺い知れます。そこに表された書は、その王羲之の姿そのものです。自然体が表した自然の書。権力、栄誉とは無縁の王羲之あるがままの姿が書に変換したようです。王羲之の生身と書が一体となっている尺牘から目はいつまでたっても離れません」

陛下は、黙されたままでした。しばらくして、そうか、王右軍に惹かれるのは、そこだったのか、と独り言のように呟かれると、穏やかに語られました。

「朕の王権の巨大さを思うと、その重圧で朕が世を見る目は歪み、人間らしい素直さを失っているに違いない。王右軍の尺牘を見入ると穏やかで、豊かな気持ちになるのは、人としての素直さが蘇ってくるからであろう。なるほど、そなたの言う通りだ。だが、朕はこの巨大な王権を我が肩から下すわけにはいかない。天命であるからだ。ただ、それに背けば、天からいとも簡単に降ろされる。そのことがまた重圧となり、目を歪ませているかもしれない」

陛下は、そこでふっ、と息を洩らされました。

「王右軍の真蹟を目にすることで、朕の重荷がわずかでも軽くなっているということだな。王右軍に支えられ、天命にとりあえず応えているということだ。そうか、これが朕の王右軍に思い入れる答えか、なるほど」

そう言うと陛下は大きくため息をつかれました。

「そなたは、蘭亭序草稿はいずこにあると思う」

突然の問いかけでした。

虞世南にとって、太宗からのこの問いは今回が初めてではありませんでした。その都度、なんとなくあいまいな返事をしていました。その時も、王羲之の七人の息子のいずれかに伝わったでしょうが、すでに五代、六代の代替わりをし、江南の地から離れている者たちも多く、たどることは不可能と思います、と当たり障りない、返事をしました。

「世南、序の草稿をますます見とうなった」

そう言われると、楽しく笑われました。私は、その笑いに誘われて、思わず口にしてはならないことを口にしてしまいました。

「草稿は永禅師に伝わったという話はあります」

口が滑ったということより、陛下に知らせたいという思いだったかもしれません。陛下は、それは聞いておる、楊広はそのために智永《ちえい》を大興城に呼び寄せたのだろう。ただ、智永の許にはそれはなかった、他の王一族に渡っていたと推測されている、と当然のように言われました。

そこで話をやめればよかった、と悔います。私の推測では、と話を続けました。

「湖州永欣寺《えいきんじ》は永禅師にとってはかけがえのない寺です、王家の遺命を覆しても、そこに秘しておきたいと、思われたかもしれません。大興城に立つ前にそれを手放され、寺に遺されたことでしょう」

と言うと、陛下はしばらく考えておられ、

「そうか、王一族に秘匿されていると思わせれば、天下の耳目は王家に向けられる。

まさか、智永が去った寺にあるとは思わない、煬帝から目を逸らすための智永の策か」と言われると、膝を打たれ、永欣寺探索の価値は大いにあると、口にされました。私は正直なところ師が永欣寺を離れた時に、王一族の者に託したと勝手に思っていました。永欣寺に遺されたという理由付けは、根拠のない軽い戯言でした。陛下に対してその戯言は、不謹慎この上ないものでしたが、結果、師がいた永欣寺には、草稿は確かにあったという事実を陛下に伝えてしまったのです。

軽い、あまりに軽い、不用意な一言は、取り返しのつかない一言になってしまったのです。私は師を裏切っていました。

その時、欧陽詢は思った。蘭亭序草稿の発見に、伯施殿《はくし》が大きく関わっていた。伯施殿はこの後悔の苦しみのなかで、師智永に対し罪を贖っておられるのをではないかと思った。伯施殿は死を間近に感じられた今、すでに後悔という地獄の業火に身をさらされている、とさえ思った。

「陛下は未だ、真蹟を私する気持ちでおられるのか」

欧陽詢が聞くともなしに口にした。

「侍中殿に皇城で出会った際、さりげなく口にされた」

その時、虞世南は魏徴が自分に伝えたく待っていたのではないかと思った。

「側近の朝議の場では、天下争乱の種になることを恐れ、秘匿せよ、とする王家の遺命も、後々、昭陵に副葬することで解決すると述べた者もいた。だが、それはかなり先のこと、陛下自ら管理されることも公管理の一つとして理解され、引き続き陛下の手元に置くことになった、と。侍中殿はその考えに、説得力はある、と言われた」

「諫言するに能わず、ということですか」

褚亮は苦い表情で言った。

「草稿が元あった所に戻れば……」

欧陽詢は、およそ不可能なことを口にした。口にした後、かえってその軽率な言葉を後悔した。

褚亮は、欧陽詢にはまったく似つかわしくない言葉に、何を今さらと、口に出かかったが、一瞬口を閉ざした。褚亮の様子が変わったことを、二人は気づかなかった。

「策は……」

褚亮がぽつんと言って、後は押し黙った。

灯りをいれます、部屋の外から執事の声がした。いつの間にか、部屋は薄暗くなっていた。執事が灯りを灯し、部屋を出てから、どれほどの時が経っていたのか、三人は我に返ったように、気づいた。

褚亮が口を開いた。

「策はある。だが、奇策、それも愚策だ。できるはずがない」

二人に話したというより、自問自答のような物言いだった。二人は何のことかと理解しかね、訝し気な表情をした。

「明日、再びお訪ねする。信本殿もよろしいですな」

褚亮には珍しい、有無を言わせない言い方だった。

翌日、三人は再び虞世南の書房に集まった。

褚亮が懐から一巻の巻子本《かんすぼん》を取り出した。欧陽詢、虞世南共に、まさか、と呟き、驚きの表情が固まった。

気づかれたようだ、亮は言うと、その巻子本を卓上に広げた。

「それは処分されたはずです」

欧陽詢の声は、しわがれていた。それが五十数年前、自分が書したものだとすぐに解った。虞世南が書した偽蹟を欧陽詢がさらに書したおぞましき偽蹟だった。世南も即座にそれを認めた。

「許してくだされ。処分するにはあまりに惜しい。惜しい気持ちが勝りました」

亮は淡々として言った。それを前にした二人は、押し黙ったままだった。

それにしても、と世南が口を開いた。

「装丁が真本と瓜二つというのが、解せない」

それは真本と同じ装丁の巻子本だった。

「同じ装丁師の手によるものです」

褚亮は欧陽詢が書した草稿を、いずれ処分するつもりでいた。ただ、虞世南の言葉が引っ掛かっていた。似ている、似ていない、の域を超えた、王羲之の息遣い、筆の動きが乗り移ったものがもう一つここにある、という言葉が耳から離れなかった。

草稿の真蹟は決して、目にすることはない、それほどのものだったらこれを手元に置いておきたい、褚亮はその誘惑に抗うことなく、そのまま書棚の奥に仕舞い込んだ。

ただ、禁忌なものとして目にすることを恐れ、それを出して見ることはなかった。

陳《ちん》は滅び、建康は完全に破壊された。褚亮は陳の多くの高官たちと同じように揚州の江都に移った。草稿の偽蹟はそのまま携えた。

江都に移って一年も経たないうちに、褚亮に隋の皇太子楊勇の教育官である東宮学士推挙の話がもたらされ、それに応じた。褚亮は何かの役に立つだろうと、所有していた王羲之の尺牘七通を一巻の巻子本に装丁しようと思った。

江都には王羲之の多くの尺牘を装丁したという装丁師がいた。王家の血筋を引くと自ら口にし、王慶之とそれらしく名乗っていた。ただし、王羲之の系統である琅邪王《ろうやおう》氏ではなく別系統の王氏だろうというのが専らの噂だが、装丁の腕は江南随一、という評判だった。

褚亮が王慶之の工房を兼ねた店に尺牘を持参すると、王慶之は尺牘を胡散臭そうにしばらく検分するように見た後、ご先祖様の真蹟間違いなし、と横柄な態度を隠さず評価を下した。

王慶之は、陳が滅んでこの方、陳の高官たちが隋朝登用への贈答品として、ご先祖様の尺牘を巻子本に装丁することが多くなった、と皮肉っぽく言い、旦那もその類かというような表情を露骨に浮かべた。

このような真蹟であれば、喜んで引き受けるが、中にはまがい物があって、それとなく口にして断ると、そこを何とかと、強く頼まれ、こっちはご先祖様を貶めることはしたくないが、仕方なしに引き受ける、と下卑た笑いを浮かべ、言った。金を積まれての承諾だと、褚亮には解っていた。その後王慶之は、若い褚亮には言いやすいとみたのか、口数多く話した。

「半年前のことだったよ。年老いた、見るからに階層の低い坊さんが来て、これを巻子本に装丁してほしいと、丸めた古い蚕繭紙を見せた。その内容を一瞥しただけで、蘭亭詩集の序文だということは解った。それは下書きらしい体裁がとられていた。草稿の偽物がいよいよ出回ったか、と正直驚いたな。草稿は、王家が連綿として秘匿し、今では何処にあるかは解っていない。王家の末端の血を引く俺だが、その行方はまったく解らない。それがこうも大っぴらに私の目の前に出てきた。それも偽物として。一族の一人として怒りがこみ上げた。俺はそれをかろうじて抑えたよ」

王慶之は王家の血筋であることをことさら強調するように言った。

「その坊さんに、これが何か知っているか、と聞くと、何も知らない、と正直に答えた。俺は、場合によっては、これはしかるべき所に届けるもので、やすやすと装丁できるものではない、誰の依頼かと聞いたよ。住職から頼まれました、というから何処の寺だと聞くと、それだけはご勘弁ください、江南一の装丁師と聞いて、遠路はるばるやってきました、このままでは寺には帰れません、と言うから、偽物作りには加担したくなかったが、可哀そうと思い引き受けた次第さ。まあ、五日もあればできる仕事だったからね」

褚亮がなぜ、それを偽物と見たのか、と聞くと、こうみえても、王家一族の端くれ、真蹟の持つご先祖さまの筆の息遣いを多くの尺牘から感じることができる、と言うと、言葉をついだ。

「蚕繭紙だった。鼠鬚筆《そしゅひつ》を使っての書であることも、解った。それが怪しい。それは言い伝えであって、果たして、そうだったのか。まあ、それはさて置いて、確かに一見して王書法は感じた。しかし、作為が出すぎていたな」

どういうことか、と言って亮が身を乗り出すと、

「宴の後、ご先祖様はその場で、下書きをしたためたと、伝わっている。ほろ酔い気分で書いたことだろう。しかし、その偽物には、酔った様子を露骨に文字に書き表し

ていた」

と、褚亮の不思議そうな表情を見て、王慶之はにっと笑い、言った。

「序には、之の文字が、確か二十か所出てくるが、その偽物には、その字形が一つとして同じものがない。偽物を書いた者が、酔っていることの証とばかりに作為した跡、と推理したよ。なるほどというご先祖様を思わせる字も多くあったがね。見るからにこれはふざけすぎだという箇所があった。どこかって？ 書き直しの箇所が三か所あった。四か所だったかもしれん。それと付け足しが一か所、墨で消した箇所が一か所、これもまた、ほろ酔い気分で、心が解放された状態での草稿、それを想定しての作為だよ。作為がここまで至ったかと思い、怒りがこみ上げてきたな」

そのことをその老僧に伝えたか、と褚亮が聞くと、王慶之はうなずいた。

「伝えた。お坊さんは終始、うつむいたままだった。肩を震わせ、笑っているように見えたが、泣いていたんだ。恐らく、その寺にとっては、蘭亭序草稿の偽物は寺宝として、長く伝えられてきたものだったのだろう。俺はその点を慮ることなく、正直に言いすぎた。ただ、妙に全体の調和がとれているから、この偽物作りをした者は、王書法を身に付けたかなりの書の達人と思ったよ。偽物にもかかわらず出来は至極よく、素晴らしいもの、寺宝としての価値はある、と言って、お坊さんを慰めてやったよ。偽物を装丁することに罪を感じたが、お坊さんもこのままでは寺に帰れないだろうと思い、引き受ける、と言ってやった」

翌日、褚亮は再び王慶之の店を訪ね、欧陽詢が書した草稿の偽蹟を見せた。

王慶之は、これは、と言ったなり、絶句した。旦那、これはいったい、と訝しげな表情で聞いた。

いつ頃からか知らぬが、我が家に伝わっている。これが蘭亭序草稿であることは解っていた。ただ、これがその草稿かは、怪しいとは思っていた。草稿は王家が秘匿したというし、王家とは縁もゆかりもない我が家にそれが、伝わるはずがない。昨日、そなたが話したことで、これが蘭亭序草稿の偽物の写しだと判断した、と褚亮はまことしやかに話した。

ひょっとして、こちらが偽物の本物で、寺のほうが偽物の偽物かもしれぬが、おぬしの見立てはいかがと、褚亮は澄ました顔で聞いた。王慶之は即座に、それはあり得ない、こちらが偽物の偽物だと断定した。なぜに、と聞くと、蚕繭紙の違いだ、と言い、

「この蚕繭紙は、南朝宋の中頃のものと見る。坊さんのものは、東晋の頃のもの。蚕繭紙そのものはご先祖様の頃のものだ。百年近い隔たりがある。まあ、素人目には解らないだろう、がね」

と、王慶之は自信たっぷりな口ぶりで言った。

「それにしても、草稿の偽物の偽物が出回るようになったとは、由々しきことだ。これも南朝が崩壊した影響だな。南朝文化が北の無味乾燥な精神に侵され、滅びゆく予兆かもしれん」

王慶之は、憂い顔で言った。褚亮は、これもその老僧の偽物と同じ装丁で、巻子本にしてほしいと依頼した。王慶之は少し渋る様子を見せたが、引き受けた。褚亮がこの偽物の偽物も出来はいかがか、聞くと、こちらのほうが出来はいいと思う、と機嫌よく言った。手渡された謝礼の重みがそう言わせた、褚亮は思った。

「何故にここまでされた」

欧陽詢の恐りを露わにした口調は、今までないものだった。褚亮は、魔が差した、と恥じ入るようにぽつりと言った。続けて、その老僧は永禅師その人だと察して、それは蘭亭序草稿そのものだと思うと、これも同じ装丁をしたいという誘惑にかられました、と苦しい言い訳をした。

「希明殿の策とは、これを真本とすり替えるということか」

虞世南の言葉も非難する口調だった。

「真本を陛下が私することを阻止する手立ては、今になっては正当な手続きではあり得ないでしょう。侍中の魏徴殿ですら、それを認められようとしていると、伯施殿は言われたのではないか」

「あの時、侍中殿はこうも言われた。陛下の草稿の真蹟への強い思いは、私には理解しかねる。だからこそ、陛下あっての草稿真蹟であり、陛下あっての王右軍とさえ思っている、と」

「伯施殿、答えはすでに出ていますぞ。侍中殿にとっては、草稿真蹟を陛下が私することは、諌めることに非ず、と判断された。この巻子本を以て真本と替えるしかありません。それが嫌なら、あきらめるしかないのです」

虞世南に強く促す褚亮の言葉に、欧陽詢はこれまで感じたことがなかった剣呑さを感じた。褚亮はこの謀《はかりごと》にのめりこもうとしている、欧陽詢は感じた。

「そのすり替える手立ては」

欧陽詢は問うた。褚亮は黙ったままだった。しばらくして、褚亮は重い口を開いた。

「今、陛下の書房に出入りできるのは、私しかいないでしょう」

「愚かな企てです」

虞世南は断じた。褚亮は何も言わなかった。

五　老耄たちの密謀

柔らかな春の光を照り返す長安城の甍の波はおぼろげだった。南北の街路の槐《えんじゅ》並木の緑が目に見えて映えてきた。行き交う馬車、牛車、人馬の巻き上げる砂埃も心なしか湿気を帯びているようだと手綱取りたちは思う。埃っぽい乾いた長安城の空気に誰もが待ち望んでいた瑞々しさの予兆が感じられた。

褚亮《ちょりょう》が蘭亭序草稿の偽本を二人に見せてから半年が経っていた、貞観十一年（六三七）四月の初めだった。

その日、褚亮と欧陽詢《おうようじゅん》は病床の虞世南《ぐせいなん》を見舞った。杏の淡紅色の花がちらほら咲き始めた春浅い日だった。

虞世南は心の臓が弱く、ここ数年床に就くことが多かった。この冬、風邪をこじらせ、生死の境をさまよったが、砂塵舞う北風がおさまる頃になると、回復に向かった。

欧陽詢八十歳、虞世南七十九歳、褚亮七十七歳、それぞれは老耄《ろうもう》の齢に入って久しい。三人は、終わりは突然やってくると思っている。

虞世南は二人を書房に迎え入れた。病床を見舞うということで出かけてきた二人だったが、寝所ではなく、書房であったことに正直驚いた。

「顔色がよい。体調を復されたようだ」

褚亮が言うと、

「いよいよだと思ったが、迎えはこなかったですよ」

と、虞世南には珍しく、軽口で答えた。

「その口ぶりでしたら、大丈夫です」

欧陽詢は言葉に似ない堅い口調で言った。

「久しぶりに草稿を臨書しました」

虞世南が卓上にあった紙を引き寄せた。

「今日は体の具合がよいと感じたので筆をとりましたが、途中で王羲之に拒否されました」

広げた紙には、十数行書き連ねてあった。褚亮が手に取った。

「何のなんの、伯施殿《はくし》、さすがです。王羲之は伯施殿からは離れてはおりませぬ。いかがです」

しばらく、それに釘付けになっていた褚亮は、そう言うと、欧陽詢に渡した。

欧陽詢はそれをしばし食い入るように見ていたが、確かに、と言って、さらに見入った。

「あの話を形にしたいと思う」

虞世南がぽつりと言った。控えめな物言いだった。そこに虞世南の迷いが未だあると、二人は思った。それでも、共に深くうなずいた。

この半年の間に虞世南の思いはますます強くなり、愚かな企てと断じた褚亮の策の実現を強く願うようになっていた。その思いにいたたまれずに、二人を招いたのだった。

「私は陛下に死に土産に、真蹟を今一度拝見したいと申し出る。その際陛下の隙を見て、取り換える」

「それは無理です」

褚亮がはっきりと言った。

「私がすり替える以上に、それは無理です」

褚亮はそう言うと、しばらく間をあけ、口を開いた。

「その手立てを考えていました。好機が訪れたと言ってもいいでしょう」

褚亮は笑みを浮かべた。

「遂良《すいりょう》を遣います。陛下の書房に出入りできる遂良ならうってつけです」

欧陽詢と虞世南の表情が凍り付いた。

「それはなりません」

欧陽詢と虞世南の言葉は同時だった。それも強い口調だった。

虞世南が、お暇乞いした後、太宗は、王羲之を語り合える者がいなくなったと魏《ぎ》徴《ちょう》に嘆いた。魏徴は即座に、褚遂良《ちょすいりょう》を推した。翌日には、褚遂良は皇帝に侍して右筆を務める侍書として召し出された。褚遂良は虞世南に代わって、王羲之を語る話し相手になった。

「遂良を咎人にさせてはなりません。遂良を遣うとは、血迷われたか。私の思いで、希明殿を浅はかな考えに至らしめたこと、誠に申し訳ない。詰まるところ、師への裏切りの罪から逃れようとする私欲が招いたことです。この話はやめにします。所詮は、死期間際の足掻きに過ぎない。見苦しい思いを打ち明けました」

虞世南は寂しそうに笑った。それきり、三人は押し黙った。

しばらくして、沈黙を破ったのは、欧陽詢だった。褚亮と虞世南の二人にとって思いがけない言葉だった。

「草稿の真蹟を私蔵したいとする陛下の思いは、やはり不正義です。公の管理に委ねることができなければ、再び秘匿するしかありません」

欧陽詢らしからぬ物言いだった。

「真蹟の存在が天下に明らかとなった今、それは天下の至宝、神品として認知されました。それは皇帝であれ、私してはならない。伯施殿のお考えは、紛う方ない正義です」

二人にとって、欧陽詢の言葉は驚きだった。

「皇帝だからこそ、天命を私する心で捻じ曲げてはならない。神品たるものを私のものとすることは、捻じ曲げそのものです。それは天から下された権力の濫用であり、権力の私物化に他ならない。その先は権力の腐敗です。このことこそ、草稿が天下大乱の種となる意味です。天命に背くことを私たちは阻止しなければならない」

欧陽詢がこれほど激しく政治的意見を述べることは未だかつてなかった。三人が集まって、会話が治世に及ぶと、褚亮と虞世南は侃々諤々と議論は白熱するが、欧陽詢は終始口を開くことなく、二人の議論を静かに聞いていた。若い頃から、そうだった。二人が意見を求めると、欧陽詢は心苦しそうな表情で、判断つきかねます、というのが常だった。

そんな時、褚亮はいつも、かつて江総《こうそう》が、欧陽詢は謀叛人の子であることで心の内に厚い殻を知らぬうちにまとってしまったとみえる。ただ、そう仕向けたのは私だがな、と笑って言ったことを思い出した。

欧陽詢が唐朝の高官に列したのは、政治的立場とは無縁な南朝文化の担い手としてであった。太宗は褚亮、虞世南には親しく、治世への意見を求めることは多くあったが、欧陽詢にそれを求めることは決してなかった。太宗は欧陽詢の学才、書才は大いに認め、弘学館での書指導の中心者と認めてはいたが、そこまでであって、政治的意見を求めることはなかった。後、昭陵に陪葬された高官の名簿に、褚亮、虞世南の名はあるが欧陽詢の名はない。

「すり替えは、私が実行します」

欧陽詢の確固たる言葉に、二人は驚いた。謀《はかりごと》に無縁の人と思っていたが、策を練っておられたか、秘策か。亮が、いかにして、と口にしたが、欧陽詢はそれに答えず、きっぱりと言った。

「ただし、陛下がこれを開かれたら、すぐにでも偽蹟と見破られることでしょう。私の手になるものと、判断されるのに時を待ちません」

褚亮は、それを聞き、はっとした。すり替える策がいかに稚拙であったか気づかされた。

策を立てた己の浅はかさ、策に溺れた自分の浅はかさに褚亮は気づいた。脇に冷たい汗が垂れた。

虞世南もまた、陛下が偽蹟を目にすれば、それが誰の手によるものかすぐにも解るはず、そんなことに気づかなかった愚かさを知らされた。

すり替えは愚策です、二人は同時に同じことを口にした。

「確かに。陛下にすり替えを問われることになるでしょう。私は初めて、陛下をお諫めすることになる。蘭亭序草稿の真蹟は、陛下の私物にしてはなりませぬと」

欧陽詢は笑みを浮かべた。

「それは駄目です」

虞世南は激しく言った。

「身を賭してするほどのことではありません。もう、やめにしましょう。命尽きる前につまらぬ思いに駆られました。忘れてくだされ。これは今、ここで灰にしましょうぞ」

褚亮が虞世南の言葉を継いだ。

「かつての私の浅はかな仕業が、さらに浅はかな策を導いてしまった。やめにしましょう。老いぼれどもの戯言に終わらせましょうぞ」

「わが命、とっくに余命を過ぎました。惜しくはありません。それより正義を貫くとこそ、命を賭するに値します。老いぼれどもの謀、老耄の謀叛です。恐ろしいことですが」

欧陽詢は笑みを浮かべ、言った。褚亮が初めて目にする欧陽詢の不敵な笑みだった。

褚亮は、あえて謀叛人になろうとする欧陽詢の心の変化に戸惑った。斬首の刑になぜに身をさらす。

欧陽詢は耐えてきた人、褚亮はそう理解していた。

陳《ちん》朝建康の時代に執事鍾恭《しょうきょう》が、欧陽詢の幼い頃のある出来事を褚亮に語ったことがあった。

広州でのことだった。鍾恭が江総の召使になって少し経った頃、使いで欧陽家に出向いたことがあった。

その頃欧陽家の当主は祖父の欧陽頠《おうようぎ》で、南嶺山脈の南麓にある始興郡に拠り、広州刺史《しし》蕭勃《しょうぼつ》の影響下にあった。その長子である欧陽紇《おうようこつ》は、その家族と共に広州に留め置かれていた。体《てい》のいい人質だった。

車門の脇で、子供たちが輪を作っていた。鍾恭は何事かと興味本位に覗き見ると、その輪の中で一人の幼い男の子がしゃがんで枯れ枝で何かを書いていた。戯れ書きかと思い、見ると幼子とは思えない見事な文字の連なりだった。鍾恭は主人の江総のはからいで、儒学の五経を学んでいた。驚いて目を凝らしてみると、詩経の一編らしいと思われた。らしいと思っただけで、詩編のいずれのものかは解らなかった。

執事らしい男が出てきた。子供たちに、門前で遊ぶではない、と怒鳴った。子供たちは蜘蛛の子を散らすように逃げて行った。一人残された幼子は、小枝を手にしたまま、突っ立っていた。

「お坊ちゃま、門前での手習いはおやめください。お母上さまにまた叱られますよ。お母上さまがお出かけになります。字は消させていただきます」

そう言うと、ぶつぶつと何か愚痴りながら、足で消していった。

門から牛車が出てきた。鍾恭は跪き、頭を下げ、それでも覆いを上げた牛車に座す婦人を盗み見た。

鍾恭は少年だったが、はっとするほどの麗人で、見とれるほどであった。身につけた襦裙《じゅくん》もかんざしも質素ではあったが、それがかえって婦人の美しさを際立たせるものになっていた。

婦人は、執事を通して何者か、と問うた。鍾恭は江家からの使いだと名乗り、届け物を持ってまいりました、と答えた。

婦人は、交州からの薬草じゃな、ご苦労でしたと言うと、艶然と微笑んだ。執事が荷を受け取り、牛を引く召使が覆いを下した。

鍾恭は跪いたまま、見送った。幼子はその間、突っ立ったままだった。鍾恭は強い違和感を覚えた。

帰ったことを執事長に報告した際に、その違和感を、堰を切ったように口にした。

「地面に書き連ねた文字は、詩経の一編と思われますが、あの童の手によるものとは思えません。執事がお坊ちゃまと言っておりました。確かに、身なりは他の鼻たれとは違いがありましたが、容貌は貧相、貧弱で、みすぼらしく、お坊ちゃまというにはあまりに違いがありました」

「欧陽家の長子さまのご子息だ」

「やはり、お坊ちゃまですか。執事のお方がお母さまに叱られますよ、と口にしましたから、あのご婦人が母親ということですよね。でも、そのご婦人の態度は解せません。一言も声をかけることもなく、視線を向けることなく、というより、そこには我が子が存在しないという、そういう感じが見受けられました。母親とは思えませんでした。どういうことでしょう」

「恭、お前が見てきたことは、口にすることはならんぞ。この江家ではもちろんのこと、他所でも軽口を叩くように口にするではない」

温厚な執事長とは思えない強い口調だった。

一年後、江総は陳の文帝の朝廷に招かれ、長い広州の生活を終えた。

欧陽家のあの子息を伴っていた。恭は、どういう事情でございますか、と執事長に尋ねた。

「総持《そうじ》さまはそのお子の類ない聡明さと能力を認めておられる。広州ではその力は磨かれない。都でこそという思いであろう」

でも、まだ六歳の童ですよ、ご両親も、と言って、恭はそこで、はっと気づいた。一年前、欧陽家の門前での出来事が浮かんだ。

ご両親に疎んじられておられるのですか、と口にすると、執事長は口にすべきこと、してはならないことを区別すること、と一年前と同じことを言った。

褚亮は、鍾恭のその話を聞いて欧陽詢は耐える人と理解した。それが謀叛人の子となって耐えることは宿命になったと思った。

耐えることは今も続いている、褚亮はつぶやいた。

欧陽詢の学才、書才が高まるほど、その容姿容貌への誹謗中傷は高まっていた。

欧陽紇の妻は怪獣白猿の子を宿し、その子が欧陽詢だという根も葉もない作り話が長安城に流布していた。褚亮は類いまれな才を妬んでのことと苦い思いでいた。

許敬宗《きょけいそう》という、太宗の秦王時代に若くして召され、文学館博士になった人物がいる。

太宗の貞観年間になり、詔勅を審議する門下省に属し、その出世の階梯を登っていた。

その許敬宗、上にはへつらうが、下位の者、劣る者、敵意を抱く者には高慢で、冷淡、侮蔑、嘲笑をあからさまに口にする悪癖があった。

許敬宗の祖父、許亨《きょこう》は陳朝の正門衛士、宮中衛士を管轄する長官の任にあり、宣帝に重用された人物であった。

許敬宗が生まれた時には、祖父はすでに他界していたが、欧陽紇の謀叛については父親から何度も聞かされていた。その謀叛人の子である欧陽詢が、その学才を以て唐の高官に列していることに甚だ悪意を持っていた。

その悪意が増幅されたことが起きた。許敬宗は、秦王の文学館学士十八名の一人であった。文才に秀で文章を能くし、歴史にも精通、若くして文学館学士に名を連ねた。しかし、太宗の即位後興した弘文館学士にはその名はなかった。

許敬宗と替わるように欧陽詢が弘文館学士に名を連ねた。なぜに、あの謀叛人の子で、干からびた猿面の醜悪な老いぼれに取って代わられたのか、それは許敬宗の憶測に過ぎなかったが、名誉をひどく傷つけられた思いを強く持った。

欧陽詢より官位は低く、年齢も四十近くも若かったが、宮廷内で欧陽詢と擦れ違うときに、侮蔑の言を独り言と称して、あからさまに言い、嘲笑した。欧陽詢はそれに対して、何の反応も示さなかった。

一年前の長孫皇后の葬儀でのことだった。その許敬宗が欧陽詢の喪服姿を嘲笑《あざわら》った。氅毿猿《もうろくざる》が、不釣り合いな玄《くろ》の最上の礼服とは、服だけが歩いている、と聞こえよがしに独り言を口にし、笑った。

さすが、その場は凍り付いた。上席の太宗とその縁者、重臣、側近団からは離れていて、それが直接伝わることはなかったが、その一角の違和感がさざなみのごとく葬儀の場を覆ったことは確かだった。

許敬宗は葬儀の場を乱したとして、官吏の監察官、御史の弾劾を受け、父祖の地に近い江南洪州の軍政の属官に左遷させられた。しかし、この許敬宗は転んでもただでは起きなかった。その後は長安に復帰し、出世の階梯を順調に上る。三代皇帝高宗の時に中書令に昇進し佞臣《ねいしん》の道をたどる。さらに、武則天立后の担い手の一人となり、権力をほしいままにし、八十一歳まで生き永らえる。

褚亮は欧陽詢の耐えてきた箍《たが》が一気に外れたのではないかと思った。あまりに無謀、

褚亮はつぶやくと、

「信本殿、すり替えたとしても、結局は真本が陛下の許に戻れば何のための謀でしょう」

褚亮はすり替えの矛盾を問うた。

欧陽詢は笑みを浮かべた。

「真蹟を人質と成します。陛下への諫言が効をなさねば、真蹟は二度と陛下の許に戻らないでしょう」

褚亮も虞世南も鬼気迫る欧陽詢の言葉に息を呑んだ。二人は初めて欧陽詢の心の闇の底を覗いた思いだった。

「妻子も罪は免れませんぞ」

褚亮は悲痛を押し出すように言った。

欧陽詢が妻を娶ったのは七十五歳のとき、離宮九成宮《きゅうせいきゅう》の醴泉銘《れいせんめい》の碑を書した翌月のことだった。

碑の撰文を担った魏徴が妻女を迎えることを勧める、と言って持ってきた話だった。

「総持殿の天分を受け継ぐ血を絶やしてはなりません」

魏徴が勧めた理由は、簡単なものだった。

妻女となる徐氏は、呉の孫権の二番目の正室だった徐氏に繋がる家柄だった。後宮の女官で、宮官の尚服の職務に従事しており、歳は三十七歳、両親はすでに他界、長兄となる者は尚書工部の役人で、九成宮再建の現場責任者だった。

欧陽詢は、褚亮があっけないと思うほど簡単にその話を受けた。

かつて褚亮は、妻女を娶ることについて江総に尋ねたことがあった。陳滅亡後の江都でのことだった。

「詢の妻女のことか。そのことを先日詢に伝えた。陳が消えた今、謀叛人の長子という軛《くびき》からは解放された。妻女を娶ることは、誰憚ることはない、とな」

信本殿は、何と言われたのでしょう、と聞くと、答えた。

「しばらく、考えていたが、妻を迎える気はありません、ときっぱりと言いおった」

「それは、なぜ、でございましょう」

「あえて、聞かなんだ。詢のことを思って、な」

褚亮の怪訝な表情に答えるように、江総は言った。

「詢は、母なる人への想いが強いかもしれぬ」

褚亮はかつて執事長の鍾恭から欧陽詢について聞いていた、母君は幼き信本殿に冷淡であったという話が浮かんだ。恨みこそすれ、慕うということは考えられないと思ったが、それを口にしてはならぬと思った。

徐氏を娶って一年後、男子が誕生した。皇城内にそのことが瞬く間に伝わった。さすが白猿公、あの歳で子を成すのは絶倫の証、という類いの面白半分、揶揄した中傷が人の口に上がった。

褚亮の妻子に累が及ぶという言葉に、欧陽詢は答えた。

「妻は納得するでしょう」

笑みを浮かべた欧陽詢のあまりに軽い言葉だった。

欧陽紇の謀叛、父君と同じ境遇に身を置く喜びの笑みか、褚亮は穿った理解だと思いながら否定できなかった。

欧陽詢は虞世南の屋敷から戻るとすぐに書房に入った。誰も寄せるな、とだけ執事長の鍾慶に伝えた。鍾慶は父親の鍾恭の跡を継ぎ、欧陽家の執事長となっていた。

坊門を閉じる太鼓が鳴りやんで、刻が過ぎても欧陽詢は主屋《おもや》に戻らなかった。

慶が心配して書房に向かうと、灯りはなくひっそりしていた。慶は恐る恐る、声をかけた。返事はなかった。

慶は扉を開け、手燭を掲げると、椅子に腰かけ、一点を凝視する欧陽詢の姿があった。慶はぎょっとして思わず後ずさりした。慶が初めて目にする主人の鬼気迫る姿だった。

「天傑を呼べ」

欧陽詢のしわがれた声は、押し出されたものだった。

鍾慶には双子の息子たちがいた。兄は天善といい、欧陽家の執事として仕えている。いずれ慶の跡を継ぎ、執事長となる。弟は天傑といい、若い身ながら東市で菜館を兼ねた旅館の主だった。

天善、天傑の双子の兄弟はその容貌は似てはいたが、その表情、振る舞いの違いははっきりしていた。兄の天善は、誠実で穏やかな表情を絶やさない。天傑は冷静沈着、感情が表情に出ることはない。ただ、二人が血を分けた兄弟で、それも双子であることを知る者は、欧陽詢、鍾慶とその妻の淑以外、誰もいない。

双子が生まれる半年前、隋朝で楊玄感の反乱がおき、三か月後に乱は鎮圧された。

隋朝の大業九年（六一三）だった。

東都洛陽及び大興城の建設推進、南北大運河の建設等々の民衆への負担、三度の高句麗遠征の失敗の付けを払うときが煬帝《ようだい》に迫っていた。楊玄感の反乱後、河南、山東で民衆蜂起が続発し、世情は極度に不安定になり、隋朝崩壊の兆しが音となって聞こえてきた。

そんなとき、欧陽詢の無二の親友である猪亮が辺境に左遷させられた。主人とて、この混乱期に、猪亮と同じ道をたどるかもしれないし、それ以上の危機に遭うやもしれない。

鍾恭、慶親子は、主人欧陽詢の行く末はどうなるか、その先行きの不安を二人で密かに語ることが多くなった。とは言っても、何をどうするか、その不安を解消する策があるはずはなかった。鍾の家族が身を挺して主を守るということを改めて決意することで不安を打ち消すことが毎度のことであった。

天善、天傑の二人が生まれた。この二人こそ御上を陰陽で支える存在となる、と二人の赤子を抱いた鍾恭が言った。慶が、どういうことでございます、と聞くと、

「一人を陰、もう一人を陽として育てる。二人は一見、対立する関係にあるが、それ

は次なる統一の過程に過ぎない。陰陽は混じり合って、一体となり、調和のとれた強固な存在となる」

慶が、解せないという表情を見せると、鍾恭は言葉を続けた。

「要するに、一人は陽として表で、一人は陰として裏で御上を支える身になるということだ。双子だからこそ、表裏は調和する」

それでも慶は、未だ解せないという表情だった。

「ちょっとかじった陰陽道の俺の勝手な解釈だ。この二人を見て、思いついた」

と言って、声を出して笑った。二人の赤子はそれに驚いたのか、声をあげて泣いた。

しかし、鍾恭は、その考えを進めた。

四年後の隋の義寧元年（六一七）、李密が河南で挙兵すると、各地の群雄も蜂起、隋朝の瓦解は目の前に迫った。

その年、鍾恭は、慶に考えていたことを話した。

「俺は、主に隠居を願い出て、芳と共に故郷の大庾嶺《だいゆれい》に帰る。その時、天傑を伴う。天傑はそこで育てる」

慶はあっけにとられたように父親を見た。

「俺はもう七十の坂を越した。天傑を育てると言っても、俺も、芳も命がすぐに尽きるかもしれん。ただ、俺たちも、お前の妻も同じ一族、天傑は一族が育てる」

芳は恭の妻で、慶の母親だ。

鍾恭が瑶族の部落を離れて六十数年が経っていた。漢族にすっかり溶け込み、恭夫婦が瑶族だと知る者は、主人の欧陽詢以外、誰もいなかった。ただ、鍾恭は一族との絆をずっと持ち続け、十年に一度は主人の許しを得て、帰郷していた。

南嶺山脈大庾嶺山中で狩猟、畑作農耕民として生きる鍾一族は、常人を越す体力、特殊能力を備えていた。それは狩猟民の能力を最大限に磨きあげた能力だった。

山中を駆ける走力、持久力、岩山、巨木を登る腕力、脚力、枝から枝を伝う跳躍力、そして闇をも見透かす遠目の視力、遠くの獣の存在を嗅ぎ分ける嗅覚、微かな物音を捉え、探る聴覚、並外れた身体能力と常人の域をはるかに超えた感覚を駆使して、山中に獲物を追う。

鍾恭が天傑を大庾嶺山中の鍾一族の許で育てようと思ったのは、天傑に潜んでいる鍾一族の狩人としての卓越した能力を引き出すためだった。鍾恭の思惑通り、天傑は鍾一族の中でも抜きん出てその能力を得た。

天傑はその能力を以て、主人の欧陽詢を陰で守る、陰の存在とする。兄の天善は執事長として父の跡を継ぐ陽の存在とするために、長安で育てる。陰陽一体になって、この乱世に主人欧陽詢を二人の孫が守る、鍾恭の強い意思だった。

大庾嶺山中に生息する獣類は虎、豹、鹿、猿、猪、兎、穿山甲《せんざんこう》、山犬などだが、神話犬槃瓠《ばんこ》の血筋を引いた鍾一族が山犬を狩ることはない。鍾一族の始祖たちは、山犬を飼いならして猟犬とし、山犬と共存している。

鍾一族の狩りの極致は、虎狩りにあった。それは鍾一族の優れた身体能力、猟犬遣い、そして山刀の技が統合して初めてできる狩りだった。だが、虎狩りが行われるのは、特別な時だけである。鍾一族は虎に畏敬の念を抱き、高価な毛皮を得るための獲物とはしなかった。

虎狩りは真の狩人を目指す若者たちの試練の場であった。誰もがその狩りに名乗りを上げるわけではなかった。その狩りによって命を落とす若者もいた。その関門を潜った者はわずかだった。

鍾天傑が虎狩りの試練に挑んだのは、十八歳になったばかりの貞観二年（六二八）

の晩秋だった。

虎を狩る時に、鍾一族の身体能力と猟犬遣い、山刀の技の三位一体の極致があった。狩人は巨木の高楼の頂ほどの高さにある枝にまたがる。猟犬の群れが狩人の合図で、一斉に山中に散る。犬たちは十里四方の山中で虎を探し、発見した犬は遠吠えで仲間たちに知らせる。犬たちは、虎を予定された巨木の下に追い込む。

犬たちが吠え掛かり、虎が一頭の犬を攻撃、犬はさっと引き下がり、別の犬が吠え掛かる。繰り返される攻防。追い詰められた虎は、巨木を背に仁王立ちになる。その時、頭上の枝に足を絡ませ、ぶら下がっていた狩人が逆さ落としで、虎を襲う。

狩人の足首には、絹糸を太く撚り合わせた紐がくくられ、その一方の端は枝にくくられている。利き手には山刀が握られている。

虎には耳の下からあごにかけて繋がるように短いたてがみがある。そのたてがみを逆の手が摑むと一瞬後、山刀が虎の延髄を断ち切る。落下点と落下の好機が狂えば、虎の強力な前足の払いで若者の命は一瞬で消える。

鍾天傑がその試練を越えた。祖父母と共に鍾一族の部落に来て、十五年が経っていた。祖父の鍾恭は五年前に他界していた。祖母の芳は八十を超えた歳だったが、今でも天傑の教育係だった。

虎狩りの試練を終えると、すぐに天傑は長安に上った。

鍾天傑は欧陽詢の屋敷に住むことなく、東市に根を下ろした。名を胡族風に変え、胡族を装った。天傑の存在を知る者は、欧陽詢と鍾慶夫婦、兄の天善だけであった。

夜更け、天傑は欧陽家の土塀を越え、両親の寝所の窓下から声をかけた。御上の書房に参る、と室内から返答があった。

「どんな話かは聞いていない。御上が直々に話される」

鍾慶は回廊で控えていた天傑に声をかけた。天傑は父親の不安な表情を見落とさなかった。

主の表情は今までにないほどの厳しいものだった。書房内での主は、いつも厳しい表情のまま、書籍に向かい、筆を手にする。それは集中しているときの表情と、慶は理解していた。しかし、今の主の表情は、それとは明らかな違いがあった。何か、あった、慶は思った。

「この役目は天傑しか成し得ない」

独り言のように洩らしたその言葉に、慶にはそれを口にするのをためらっているように思えた。

天傑は冷静にその言葉を受け止めていた。大庾嶺で祖父の恭から、お前が身に付ける一族の技は、ひとえに御上を守るためのもの、といつも言われていた。欧陽詢からの命は初めてであったが、天傑には気負いはなかった。

書房にしばし沈黙が流れた。主屋からの声も物音もなく、屋敷全体が静寂のなかにあった。屋敷の外からの音もなかった。欧陽家が屋敷を構える永興坊は大官の屋敷で占められ、この時刻、坊内を行き来する者はいない。

書房の沈黙を破るほどの声ではなかった。欧陽詢のしわがれた声は、慶には聞き取れなかった。御上はこのまま、寝込まれるのではないかと危惧した。ただ、天傑はそれを聞き取っていた。天傑の表情が動いた。

御上、何と言われました、と改めて慶が聞いた。欧陽詢はその声に、はっとしたように姿勢をただし、再び口にした。

陛下の御書房に忍び込め、慶にはそう聞こえた。慶は何のことかと、戸惑った表情をした。陛下とは、皇帝陛下のことですか、と愚問を口にした。慶には、陛下の御書房に忍び込めという言葉が、にわかに現実と結びつかなかった。主人の言葉をそのまま解せばとんでもない、それは慶にとって信じがたい言葉だった。

「天傑、甘露殿に忍び込め」

今度は、欧陽詢はきっぱりと言った。御上は謀には無縁の方だと思っていた慶には、その指示がどうにも解せなく、かける言葉がなかった。

六　欧陽詢の密命

貞観十一年（六三七）十月三日、日没から二刻ほどの時が経っていた。数え切れない星が降り注ぐ長安城は夜の帳に覆われていた。

冬間近な天空は澄み切っていた。瞬く星は数知れず、天の河は北天から南天にかけて横たわり、眉月は西の端にかかっていた。

唐朝の権力中枢部は長安城の北辺中央に位置する。大唐権力の中心太極宮を配した宮城とその南の行政を司る尚書省《しょうしょ》などの官庁街である皇城とは大小六つの門を繋ぐ墻壁《しょうへき》と東西の横街で隔て、区分けされている。

宮城の東には、皇太子の居所である東宮、西には宮女などの居住する掖庭宮《えきていきゅう》、食糧庫などの倉庫群のある太倉が位置する。

宮城は、南から正殿太極殿のある太極宮と大小五つの門を繋ぐ墻壁を隔て、その北には東西四門を繋ぐ墻壁で囲まれた両義殿のある内廷と皇帝が起居する甘露殿と二つの宮殿が縦列する。

今、闇夜のなか、宮城にある楼閣群がひっそりと立ち並ぶ。太極殿と両義殿、甘露殿の連なりは、その威容を誇示している。

甘露殿の東端、金色の鴟尾《しび》の下、南面に伏せる一つの影があった。影の頭部は、目だけ出した覆面姿、装束は胡服のように上下に分かれ、下衣は細く詰まっている。深藍の色一色で、闇に溶け込む色だ。

薄い革の履《くつ》は柔らかく足の指先を容易に動かすことができ、底裏には鮫皮が張られている。指先が出た薄い手袋は、指先、手のひら部分に鮫皮が張られている。この履と手袋を使い、壁も、柱も容易に登ることができた。影は鍾《しょう》天傑だった。

天傑は甘露殿の西の妻側に張り付いていた。甘露殿の妻は、三角部である矢切が格子造りになっていた。破風《はふ》の飾りである懸魚の裏に身を置き、天傑は布製の背嚢から用意した鋸を取り出し、刃を格子にあてた。

鋸は柄をつけた小尺の長さで、刃は短い。身体を滑り込ませるには、縦格子を切る必要があった。ただ切るのではない。格子を取り外し、再びぴったりと嵌るように切らなければならない。不自然で、窮屈な姿勢、作業は困難を極めた。鋸を引く音は微かだが、屋根裏から宮殿内に増幅し、響くことを恐れた。天傑は時間をかけ、鋸をゆっくり引いた。

彼方から聞こえてきた閉門の太鼓が、今鳴りやんだ。

執務が一段落し、太宗は執務室から壁を隔てた書房に入った。書房に入ると、自ら伽羅の香を焚く。太宗が一人書房にいるとき、自ら香を焚くようになったのは、長孫皇后を亡くしてからだった。皇后は伽羅の香りを愛用していた。その奥深く、優雅でそれでいて優しい香りは、皇后を思い出させ、太宗の気を和ませる。

太宗は、しばし、その香りに包まれ、椅子にもたれ、取り留めない思いに浸った。太宗の脳裏に欧陽詢《おうようじゅん》の姿が、ふいに浮かんできた。太宗の表情に戸惑いが生じた。なぜに渤海老《ぼっかいろう》が、という疑問がよぎった。

そういえば、この日、弘文館に立ち寄った折、欧陽詢の書が話題になっていた。一月前の重陽の日、欧陽詢が温彦博《おんげんはく》の撰文を碑面に書丹した話題だった。

碑はこの年の六月、六十四歳で没した温彦博を追悼する碑だった。温彦博は太宗の信任厚く、中書令を経て、亡くなる前年に行政の首位である尚書省の右僕射《うぼくや》、長官の地位にあった。温彦博はこの十月、昭陵に陪葬される予定である。

昭陵は太宗の死後、陵墓となるものだが、前年、若くして亡くなった長孫皇后の陵墓として造営が始まっていた。のちに多くの重臣が陪葬されるが、温彦博は陪葬された最初の人だった。その陪塚碑《ばいちょうひ》の書を欧陽詢が担った。

文を撰したのは、昨年江陵県子の爵位を賜った岑文本《しんぶんぼん》。若くして太宗にその文才を見出され、中書舎人として詔勅の起草の任にあたる能文家で、のちに宰相職である中書令となる。

碑面の書は、九成宮醴泉銘《きゅうせいきゅうれいせんめい》に勝るとも劣らない出来栄えという者がいた。なぜ？と問うと、渤海男公最後の書丹となるやもしれません、書する姿が、鬼気迫るものがあったと聞いております、と畏まって言った。

八十を超すあの歳でなおも人を唸らす書を成すことは驚きだった。ただ、太宗は欧陽詢の書になじむことはなかった。なぜに、かつて太宗は、そのことを自問したことがあった。完成した九成宮醴泉銘の碑を見た後だった。

九成宮醴泉銘の碑文は均整整った、峻烈で、凛とした書であった。太宗は唐帝国の姿をその書に重ねた。ゆるぎない世界帝国の姿をだ。

二年前の貞観四年（六三〇）、唐が北方の東突厥《とっけつ》を破り、降伏させると、服属していた西北諸族は、太宗に北方遊牧民族の最高支配者を意味する天可汗《てんかがん》の称号を献上した。

唐帝国は中華の世界と外の世界を一にした世界帝国となった。その帝国は人民、諸民族の安寧を約束する帝国である。太宗は揺るぎなく整った、凛とした美しき帝国の姿であると自負した。これはあの煬帝《ようだい》が成し遂げられなかった世界である。だから、隋は早々に瓦解した。

醴泉銘の書は、唐帝国のその姿をまさに映していると思った。だが、そう思ってすぐ、太宗はひどく不快を覚えた。

九成宮醴泉銘に刻された真書の文字は、千年先でも極められた形として残り、正書として使われているだろう、そんな賞賛の声を太宗は耳にしていた。

太宗は千年先の帝国の姿を思い描こうとした。千年先？　この帝国があろうはずがない。あの漢帝国でさえ、四百年、それも前後を合わせてのことだ。千年続く、整い、完成された美しき帝国なぞあろうはずがない。いずれ皇帝権力は、天から見放されたように腐り、瓦解する。それが歴史の理だ。四十年も満たない隋朝と、たとえ唐帝国がその十倍も続いたとしても、歴史の時間からすれば、所詮五十歩百歩の類いだ。

たかが碑文の書と帝国のあるべき姿を重ねた自分を太宗は自嘲し、不快を覚えたのだ。そう思わせた欧陽詢とその書に苦い思いを抱いた。

だが、あの老猿公の蘭亭序草稿の臨書は、まさしく王羲之の書法を我がものとしていた出来栄えだった。虞世南《ぐせいなん》の臨書さえ、それに及ばなかった。太宗はそのことを決して口には出さなかったが、密かに思っていた。

ふと、我に返った。それにしても、欧陽詢に思いを馳せたことに違和感を覚えた。虞世南への思いであればそんな感じはしなかったろうが、太宗は苦く笑った。

微かな物音が天井に響いたような気がした。何の音？　と思った時、近習の者の声がかかった。太宗は構わぬ、入れ、と声を返した。太宗の意識から、その微かな響きは消えていた。


鍾天傑が甘露殿の屋根裏に潜り込んでから、三夜を迎える。天傑は明るいうちは、甘露殿の屋根裏にある大梁に身を横たえていた。

屋根裏は妻側の矢切格子のわずかな隙間から陽の光がわずかに差し込む辺りは、薄明るい。闇からは解放されている昼間の屋根裏を移動するにはいいが、不測の事態で、物音を立てれば怪しまれる恐れは十分あった。天傑は、慎重を期した。天傑は大庾嶺《だいゆれい》山中で大胆さと慎重さを学んでいた。

格子妻から差していた陽光が徐々に薄まり、屋根裏に闇がそろそろと侵入し始めた。長安城の門を閉じる太鼓の連打が耳に入ってきた。まもなく漆黒の闇が屋根裏を支配する。だが、天傑にとっては、そこは闇の世界ではなかった。闇夜の大庾嶺山中を駆けめぐった天傑は、闇なりの明るさを感じ取る視覚を得ていた。

欧陽詢は天傑に皇帝の書房に侵入できるか、探れという命を与えていた。何のためかとは一言も言わなかった。

天傑は西の端から入り組んだ梁の上を移動した。この二夜の間、甘露殿の天井裏を探ったが、未だ書房の位置を定めることはできなかった。

天傑は天井裏の厚い板に耳をつけ、その下の気配を探った。人の発する物音はかすかに響くが、人の声は全く入ってこなかった。ただ、物音が頻繁に響く箇所は、それだけ人が多く、人が動いていることが多いと天傑は察した。

天傑は西から東に移動した。次第に物音は少なくなっていった。

中央部近くから北方向に移動すると、明らかに二重天井となっている箇所があった。他にはその造りはなかった。その下は皇帝寝所、天傑は最初の夜からそう判断していた。ただ、寝所への侵入は天井裏からは不可能だということは解った。

その位置から、東に移動すると、天傑はそれまでとは違う微かな香りを感じ取った。甘露殿の各間は終日、香が焚かれている。香りは微かに天井裏にも漂ってくる。ただ、常人にはそれを感じることはないが、天傑の鋭い嗅覚は微かな香りを感じ取っていた。

今の香りはこの二日の間匂っていた甘く、爽やかな白檀香とは別のものだ。得も言われない奥深い香り、これは伝え聞いた伽羅の香りではないか、天傑は初めての香りにそう思った。

伽羅は帝国外の遥か南方の地に産する貴重な香木と天傑は聞いていた。皇帝にふさわしい香木と言われている。となると、この香りの源は、皇帝の書房と判断してもいい、天傑は思った。

天傑は梁から目星をつけた天井裏に降り、耳を当てた。天傑は耳を通して、天井下の様子を探った。天傑の聴覚は、微かな物音を捉えていた。その物音は、筆を置く音、巻子本《かんすぼん》を卓に置く音と人の行為が発する音だと判断した。天傑は音源の位置を確かめると、背嚢から一つの道具を取り出した。

小さな弓と錐を合わせた弓錐だった。錐の先端は筒状になっていて、穴を穿つと覗き穴ができる。天傑は慎重に弓を引き、錐を回転させた。

穴があくとあの香の匂いが前より強く感じられた。香りはやはりこの間で焚かれたものだった。

穿った穴に目をやった。直径二分、六ミリ程度の穴だ。床から天井までは高い。部屋の灯明の明るさは天井までは届かない。それに視界は極端に狭い、天傑が常人を超えた視力を備えているとは言え、部屋の様子を探ることは不可能だ。ただ、この間《ま》が皇帝の書房だということが解りさえすればいいと天傑は考えていた。

真下で人影が動いた。そう思ったとたんに錐が手から離れた。天傑の耳には大きな音として跳ね返ってきた。気づかれたか、天傑の脇に冷たい汗が伝わった。天傑は気配を消した。しばらくして、扉を閉める固い音が伝わってきた。

天傑はしばらくその場で気配を消していた。再び、天井板の穴に目を当てた。人の影はなかった。天傑は下の間は皇帝の書房と確信した。

天傑は天井裏を移動した。ある箇所を探すためだった。だが、その近くにはなかった。当然のことと天傑は思った。そこから西側に移動した。書房の扉一枚隔てた隣は執務室、と欧陽詢から聞いていた。

その天井裏を探ったが、その箇所はなかった。それも当然だと思った。その箇所とは嵌め込み式の天井板のある所だ。書房に至る天井裏を移動中、天傑はその箇所を偶然一か所見つけていた。ただ、そこの天井板をわずかにずらして目を当てるとそこは通路だった。

天傑は、執務室の近くにも嵌め込み式天井板があることを期待した。梁を幾本か越えて、移動した。嵌め込み式の天井板が設置されてはいるのは、通路に限られているかもしれない。ただ、通路に降り立っても、そこから、書房に入れる保証はない。昼間は人の出入りがあり、夜、人気がなくなれば、扉は施錠される。

皇帝の書房への侵入は不可能と報告するしかない、と天傑は漆黒の闇の彼方に目を遣りながら思った。

その時だった。微かな明かりの漏れを感じた。それは天傑の網膜だからこそ感じた、微かな光の暈だ。天傑は、嵌め込み式天井板の隙間から洩れた光と察した。その下には人がいる。天傑が移動すると、光は消えた。天傑は辺りを探った。嵌め込み式の天井板があった。そこに耳を当てた。人の気配はなかった。

欧陽詢は説明した。通路から執務の間に入ると、すぐ右に、近習の控えの間がある。近習は六人で、夜は交替で常時三人の者たちが控えている。陛下が執務室、書房から離れ、寝所で過ごす夜は、寝所に近い間に移動し、陛下の身近に絶えず控える。陛下のいなくなった執務の間は、扉で閉ざされ、施錠される。執務の間に扉を隔てて繋がる書房も入ることはできない。

天傑は、天井板を外した。部屋を覗いた。闇が空間を満たしていた。天傑は背嚢から絹糸を撚って作った綱を出し、梁に結んだ。天井から垂らした。

降り立った部屋は、思った以上に広かった。天傑の網膜には部屋の調度品が映っていた。長卓と椅子が、左右それぞれ三本縦に並び、それぞれの卓には筆・筆筒・硯・石印などの文房具が置かれていた。近習である侍書の間に違いない、天傑は思った。

天傑は扉が開け放たれた部屋を出て、扉を開き執務室に入った。部屋はさほど広くはなかった。家具は長卓と椅子だけの驚くほど簡素で、素っ気ない部屋だった。部屋の片隅に衝立が置かれ、その奥に扉があった。

天傑は携帯用の火打ち道具と蠟燭を背嚢から取り出し、火を灯した。明かりに浮かびあがった書房は、大唐帝国の皇帝の書房とは思えない、質素な造りだった。主人の欧陽詢の書房と変わりない、と天傑は思った。書房には奥ゆかしい香りが残っていた。

長卓の上の文房具は、いつも使っている様子が窺えた。書棚には数十本の巻子本が積まれ、太宗がいつも手に取っている様子が想像できた。もう一つ一回り小さい書棚は、飾り棚の役割を果たしているようで、孔雀模様が彫られた文箱《ふばこ》、三彩釉《さんさいゆう》の馬と駱駝の置物と銀製の火屋《ほや》を被せた白磁の四耳壺《しじこ》が置かれていたが、それらは極々ありふれた品々で、これもまた、素っ気ない飾り棚だった。四耳壺は、つい先ほどまで伽羅が焚かれていた香炉として使われていた。

紫檀の衝立の奥に、寝床が設えてあったが、簡素な設えで、こんなところで太宗は仮眠するのかと、天傑は驚き、あきれた。皇帝の書房の質素な設えと変哲もない調度品に天傑は、大唐帝国の主の書房かと、拍子抜けした。

のちに、欧陽詢にそのことを話すと、欧陽詢は、しばらく考えてから、ぼそりと言った。

御書房は陛下にとっては、我が身一人の孤城であろう。さらにしばらく考えてから、恐れ多い推測だが、と言い、その主は、大唐帝国の主にあらず、一人の人間として、何の柵に遮られることなく過ごす平安な孤城であろう。自由に想いを飛翔させる城。そこに余計な設えも調度品も必要なし、とのお考えであろう。

欧陽詢には珍しく、そう一気に口にすると、恐れ多いが、陛下が身近な人と思える、独り言のように言った。

天傑は、皇帝の書房内部を隅々まで頭に刻み込みながら、御上はいったい俺に何をせよ、というのか、あらかじめ教えてくれていれば、今ここで策を練ることができたのにと愚痴を口にした。

通路から人声が聞こえてきた。天傑は蠟燭を吹き消すと、書房を出、執務室を駆け抜けると侍書の間に入った。数人の声、扉を開錠操作する音、扉を開く音、明かりが侍書の間に入り口まで届いた。天傑が綱をたどって開いた天井板に手をかけたときだった。天傑は板に手をかけ、ぶら下がったまま、息を殺した。入ってきたら万事休すだ。

二つの影が急ぎ足でそのまま執務室に入っていった。フバコ、という言葉が耳に入った。天傑はほっとする間もなく、天井裏に身を隠した。

天傑は、皇帝陛下の書房への侵入は可能と答えた。

欧陽詢は再び、書房に入ることはできるか、と尋ねた。陛下が寝所でお休みになり、執務の間に人がいなければ、可能です、天傑は言った。

「これと同じものが、陛下の書房にあるはずじゃ」

欧陽詢はそう言うと、包まれていた濃紺の綾絹を広げた。巻子本一巻がそこにあった。

「これが何か、解るな」

欧陽詢は開いた巻子本を天傑に見せた。天傑は目を走らせた。これは、と言って、再び目を落とした。

蘭亭序草稿とみましたが、と天傑は言った。欧陽詢は大庾嶺山中で暮らす天傑に王羲之の尺牘《せきとく》、詩文の写しを送っていた。

「これは私が若い頃、建康で書した蘭亭序草稿の偽蹟だ。処分されたはずだったが、遺っていた。それも真蹟と同じ装丁が施され、巻子本となったものだ」

そこまで言うと、欧陽詢は一息つくように大きく息を吐いた。

「陛下は、蘭亭序草稿を私のものとされようとしている。天下の至宝を私蔵されることに私たちは異議を唱えたい」

欧陽詢が、私たちと言ったとき、天傑はその人物たちを思い浮かべた。

「あまつさえ、死後に陵墓に副葬したいという意思を強くされている。たとえ陛下が治世を天から委ねられているといえども、天下の至宝は、陛下一人のものに非ず。陛下の私物にしてはならぬ、それが私たちの考えだ」

欧陽詢はきっぱりと言った。

「陛下の御書房にある真本とこの偽本とを取り替えることが、お前の仕事だ。方法は御書房に忍び込み、取り替えるしかない」

欧陽詢は、再び大きく息を吐いた。

一つ、お聞きしてよろしいですか、と天傑が聞いた。欧陽詢がうなずくと、天傑が尋ねた。

「陛下が偽蹟と悟られることはありませんか」

「即座に偽蹟と判断される」

欧陽詢は迷うことなくそう言うと、さらに続けた。

「ではなぜ、そうするか。お前からすれば、危険を冒してすることでもなく、甚だ理屈にあわないこと、と思うだろうな」

欧陽詢は少し笑みを浮かべた。

「陛下は、その偽蹟が誰の手になるものかも、お見通しになるであろう」

天傑は思わず、御上、それでは、と言って、後の言葉を出すのが憚られた。

「お前が言おうとすることは解る。私は謀叛人となり、私どころか、妻子にも災いが及ぶであろう」

欧陽詢は他人事のように、さらりと言った。

「天下の至宝を皇帝陛下といえども私するものではない、それは天が望むことに非ず、私が、これまで口にしたことがない陛下へのこの言葉で、申し開きする。身を挺してそれを行う」

「御上、真本を奪うだけで、事は済むはず。何も御上と知れる偽本とすり替える必要はないはずです」

天傑は当然の疑問を口にした。

「それでは、私欲目当ての盗人の所業と同じ。私たちは違う。貞観の世は義が貫く世と思うから、その証を、身を挺して実現させる」

天傑は思った。主の声はしゃがれていたが、その厳しい物言いは主の真書の字姿に重なった、と。

「序の草稿は天意で天下に下されたもの。私人のものに非ず。すり替えは陛下がそれに気づかれるための謀《はかりごと》だ。草稿真蹟は陛下が私するものに非ずと決断されるための、恐れ多いが人質として資するものだ」

天傑には主人のほころんだ口元が不敵な笑みと映った。

「私の命もあとわずか。それは明日やも知れぬ。命を賭してまでの諫言というほど我が命の価値はない。ただ、妻子に罪が及ぶことは、ひどく心が痛む」

欧陽詢の脳裏に謀叛人として処刑された父親欧陽紇《こつ》の顔が浮かんだ。父親が導いてのことか、欧陽詢は笑みを浮かべた。その笑みは天傑の目にはやはり、不敵なものに映っていた。いつもの寡黙で、物静かな主人の姿はそこになかった。

「天傑、そなたを甘露殿に押し入った身の程知らずの賊にはしたくない。だが、一つ間違えばそうなる。お前の命と引き換えるほどの仕事だ」

天傑が再び甘露殿の屋根裏に潜んで、三夜が経っていた。真本をすり替える機会はなかった。大いなる誤算があった。

前回、執務の間に忍び込んだ時、近習の者たちがフバコ、と口にしたのは、書房にある孔雀模様の文箱のことだった。この三夜の間、天傑は皇帝が寝所に入るときは、文箱も移動していることを知った。皇帝は寝る前に、草稿を手に取るということを欧陽詢から聞いていた。文箱の中に真本が納まっていると、天傑は確信した。

執務の間に人が不在となったときは、真本はそこにはない。それがあるときは人がいる。昼間、皇帝が執務室にいないときは、近習が近習の間で待機する。すり替えは不可能だ。

すり替えの策は浮かばなかった。今、天傑の真下に皇帝がいる。微かな香の匂いが天傑の鼻孔をくすぐった。天井板に穿った穴に目を当てた。皇帝の書卓の真上だ。影の動きで、皇帝は今、書に向かっている、天傑は思った。香の匂いを一段と強く感じた。そのとき、天傑の脳に鋭い光が一筋走った。

その深夜、天傑は主のいない書房に入った。蠟燭の灯りに、その香炉は乳白色の鈍い光を返していた。天傑は白磁の四耳壺を書卓に下ろし、被せてある銀火屋《ぎんほや》を取った。

壺の中には白灰が敷き詰められ、種火の炭が埋めてあった。それは炭粉と菜種油を練り合わせて乾燥させたものだ。種火の上には銅製の網を張った五徳が置かれている。

この上で刻んだ香木が焚かれるようだ。天傑はそれを確認すると、我が意を得たりとばかりの笑みを浮かべた。

天傑が宮城の墻壁を越え出たのは、それからまもなくのことだった。翌朝、長安城の春明門外を東に向かって走る旅姿の天傑の姿があった。

貞観十一年（六三七）十月が終わりに近い日、長安城がある渭水盆地に冬が訪れた。波打つ甍に霜が降り、澄み切った天空に一筋、二筋の筋雲が浮かぶ。空気は乾き、冷気が降りてくる。

甘露殿の各間の置炉に朝早くから炭が焼《く》べられ、昼前になると各間はじんわりとした温かさが広がった。

皇帝執務の間にある近習の部屋でも、部屋の四隅に置炉が置かれ、侍書たちは少し眠気を覚えながら、卓に向かっていた。

その一人、褚遂良《ちょすいりょう》は太宗から預かった王羲之の尺牘を装丁した巻子本を開き、思いにふけっていた。今夜、書房でその尺牘について、太宗と語り合うことになっていた。

その尺牘は、王羲之が官を辞し、逸民《いつみん》となり隠遁生活に入ってまもない頃の書簡である。政治から離れた王羲之を惜しむ友人との遣り取りの一部と思われ、逸民となった王羲之の心の内が短い書簡の中によく表れている。

太宗は褚遂良に、この尺牘から王羲之の心情とそれまでの友人との書簡の遣り取りがどんなものであったか推量するよう、遂良に課題を与えていた。先ほど太宗は、楽しみにしておるぞ、と遂良に声をかけ執務室に入った。

褚遂良がこの部屋に控えるようになって一年が過ぎようとしていた。虞世南が太宗に永の務めを、病を理由に辞した。王羲之を共に語り合える者として、褚遂良が急遽、選ばれた。この時、太宗は三十九歳、褚遂良は四十一歳だった。

この一年、太宗の日常に接し、褚遂良はそれまで抱いていた太宗観を大きく変えていた。というより、それまでの、秘書令の属官で、太宗とかけ離れた地位にあった頃は、大唐帝国を築いた偉大な皇帝像から一歩も外れない、常套的な見方しかできなかったということだ。父親の褚亮《ちょりょう》は皇帝の近くにいたが、皇帝の生身の姿は決して口にしなかった。この一年、褚遂良は、皇帝も生身の人であることを実感した一年だった。

侍書となった数日後、褚遂良は太宗の赤裸々なそんな姿を見た。両義殿で行われた昭陵造営に関しての朝議でのことだった。

長孫皇后の陵墓として造営が始まった昭陵は、いずれ太宗の陵墓となるものだった。陵墓は墳丘を造営するのではなく、太宗の方針で人民の労力の軽減を図るため、山陵に玄室を設けるものである。しかし、長孫皇后への思いが強く、当初の計画に比べ、その規模がどんどん膨らんでいった。

魏徴《ぎちょう》がそれを諫めた。人民労苦の軽減の原点に戻られてはいかがかと。魏徴の言に、遠回しだが、賛意を述べる重臣も数名いた。

これまでもそうだったが、太宗は、諫めの言葉を受けた時、太宗はなるほどもっともなこと、と穏やかに受け入れることはまずなかった。自分の思いへの反発と受け止め、不機嫌になり、あからさまに不満を口にした。

それが多くの官吏が居並ぶ朝議の場だと、その不満は、怒りとなる。朕の意向こそ天命、と言い放ってその座を蹴って退出することがままあった。その時もそうだった。甘露殿の執務の間に引き揚げた太宗が一人怒りの声を発し、卓を叩く音が執務の間に響いた。しかし、それもわずかな時で、すぐに静かになる。

しばらくして、褚遂良が呼ばれたときは、太宗の表情は、未だ厳しかったが、ある余裕が見られた。

太宗は、天下の道理に即して、考えればおのずと答えは出る、皇帝たる者、欲して私情を以て天下を語れば負担を被るは人民、魏徴らの諫言はもっともなこと、やはりなくてはならぬ者たちだ、と臣下への信頼を口にし、重臣たちを呼ぶようにと告げた。

その時、褚遂良は理解した。皇帝の臣下への信頼は、臣下からの信頼と尊崇と表裏を成す。それが皇帝陛下に権威をもたらし、権力の源だということを。

しかし、褚遂良が太宗の心の複雑な襞を垣間見たのは、太宗の書房に出入りし、王羲之をはじめとして書芸について語るときだった。

この夜もそうだった。太宗は逸民となった王羲之の心情をとめどなく語った。遂良は、陛下は逸民となり、悠々自適の生活をのぞまれているのではないかと思ったほど熱く語った。

太宗はひとしきり語り終えると、褚遂良が思いもしない問いを発した。

「そなたは、世南に師事し、その影響で王右軍を学び、書才が飛躍したと聞く。それと詢は幼い頃からお前の才能をこよなく愛し、書の神髄を伝えたという。お前にとって、書の師はいずれか。ただし、二人を較べようもない、私にとってかけがえのない師です、という愚答はないぞ」

意地の悪い、質問だった。褚遂良は太宗の真意を推し量った。

陛下と伯施《はくし》さまは、王羲之を間におき、書芸について君臣の垣根を取り払った会話ができた。それに比して陛下と信本《しんぽん》さまの書芸についての会話は、技術面での太宗の質問に、信本さまが答えるという遣り取りで、語らいとは程遠く、君臣の間を越えることはない。陛下は伯施さまには腹を割った会話を望み、信本さまにはそれを期待しない。この陛下と両師匠の関係は、弘学館では周知のことだ。

父親の褚亮と虞世南、欧陽詢の三人は、褚遂良が生まれる以前からの間柄と褚遂良は物心ついたころから気づいていた。

長じて、三人の仲は、陳《ちん》朝の建康以来五十年を超す、お互いを支え合う、かけがえのない友であることを知った。

弘学館で周知されている太宗と両者との関係について、遂良は父親に尋ねたことがあった。

太宗が即位した貞観元年（六二七）、太宗が弘文館を興して、数年経った頃のことだった。その時、褚遂良は三十三歳、秘書省の少壮官吏として、また弘文館で学ぶ者の一人であった。

褚亮は、お前は、弘学館でのそんな話に興味を持って通っているのか、と苦い表情をした。

「陛下は伯施殿とは気が合い、信本殿とは気が合わない、そんなところだ。さしたることではなかろう。二人に聞いたことがある。陛下は伯施殿を贔屓にされ、信本殿は疎んじられていると見た。両者の見解は、と問うてみた」

「先生方は、どう答えられましたか」

遂良は身を乗り出して聞いた。

「遂良、そんなことに身を乗り出すとは、まだまだだな。俺の愚問は毎度のことで、お二人とも笑っておられた。それだけのことだ」

太宗の、師はいずれかという問いに、褚遂良はその時の父親との遣り取りを思い出していた。しばらくして、お恐れながらと口を開いた。

「信本さまの書は、私にとっては越えられぬ高峰です。恐らく、その峰に近づくことが精いっぱいで、仰ぎ見ることだけで学んでいます」

「待て、それは真書について言っているのだな」

「具体的には、その頂は真書ですが、その山稜を成すのは書法全般です」

太宗は口を挟まなかった。

「伯施さまの書法の山は、私が、今、まさに登っている山でございます。ただ、その頂はまだまだ先に聳え立っております」

「世南こそ、我が師と言うことだな。そんな回りくどいことを言わず、世南が我が師といえばそれまでのことだ」

太宗は皮肉っぽく言った。

「陛下、お恐れながら、その言は浅慮でございます」

褚遂良はきっぱりと言った。

「浅慮とな」

太宗はむっとした表情をあからさまに見せた。それでも、それをぐっと押し込み、訳を聞こうと、短く言った。

「確かに、私は伯施さまに直接教えいただくことで、伯施さまの書法の足跡をたどってきました。伯施さまは私の師です。私はまた、信本さまの書法を自ら学び、足らぬところは信本さまから直接教えいただきました。ただ、それは伯施さまの書法の足跡をたどるのと違い、彼方に聳える信本さまの書法の頂を仰ぎ見ながら、今、私の目指す書法に活かす、そう言う思いです。陛下の問いの答えは、やはり愚答となりましょうか。お二方は較べようもない、私にとってかけがえのない師です」

「遂良、うまく逃げおったな」

太宗は苦笑いした。

「陛下は、私の師は伯施さまであり、信本さまに非ず、その答えを期待されていたとお見受けいたしました」

褚遂良ははっきりと言った。太宗は黙っていた。

「陛下が信本さまを疎んじられる理由をお聞かせください」

「遂良、そこまではっきり言うのか。世南の物言いと同じだ。こんな時、お前の父親は遠回しに、それも狡猾な物言いをするが、師に似たな。かつて世南も同じことを聞いた」

太宗は語った。

「南朝の書は王右軍あっての書、朕はそう思っている。世南はそれを正統として学び、それが世南の書法に遍く影響している。詢もまた、王右軍を独学し、その神髄に達している」

遂良はおやっ、と思った。陛下は、信本さまへの王羲之の影響を理解されているのではないか、それも、最上級の評価をされている。疎んじている、と自分が言ったことが、それこそ浅慮に思えた。

「だが、詢の書法には王右軍の影響を拒否しているように思える。詢は南朝が培ってきた書より、北朝の書に心ひかれたという。碑面に刻する北朝の無骨な書のどこがいい」

褚遂良は、太宗の吐いて捨てたような物言いに、北朝への近親の憎悪のようなものを感じた。

「北朝の書は、強靭さ、粘り強さ、朴訥とした豪快さ、鋭く爽快、などなど評されているが、朕にとってはそんな書風は極々当たり前、北が持つありふれた気風としか映っていない。それは我らの武の評価そのもので、それによって南朝を滅ぼし、統一国家を成したのだ」

「恐れながら陛下の書には、北の気風が筆勢に現れており……」

褚遂良がそこまで言うと、太宗はそれを遮り、言を続けた。

「それ以上、言うまい。朕の書に対する批判は甘んじて受けるが、北の気風が書に現れているという誉め言葉は、最低の評価だと思っている。自由であり、奔放な力強さ、かつ芳醇、洗練された王右軍の書こそ、我が手本。王右軍を頂とする南朝の書に北朝の書がとって代わることができるか、できるはずはない」

太宗の表情が厳しくなった。

「それは書に限らず、文化全般に言える。南朝の文化は隋唐の文化となって統一国家の文柱となった。文は南で、武は北、その文武の在り様が隋唐帝国の礎となった。朕は武を以て南朝の文を制したとは思っていない。南朝の文が北朝の武を制して、統一王朝を成したと思っている」

太宗の表情がやわらいだ。

「詢は王右軍を学び、その神髄を知った。にもかかわらず、北の書に心ひかれた。解せぬ」

と言いながら、太宗の口元にふっと笑みが浮かんだ。

「世南は王右軍に始まり、それを糧として自らの書を極めた。朕が辿りたい道を世南は指し示している。お前の問い、朕が詢を疎んじているという理由は、そんなところだろうな。ありていに言えば、詢は王右軍をないがしろにしているということだ」

口調は穏やかだった。

「陛下、それは信本さまへの誤解です。北の武、南の文、南北をあまりに単純に分けておられるゆえの誤解です」

「それがそなたの理由か、なるほど。世南は何と言ったと思う。陛下、それは漢族の優越意識に毒されている結果に過ぎない、愚かな誤解です、とな。長城外民族の劣等意識と言わなかったところは、世南の気を遣ったところだ。世南は言った。北と南、お互いの優劣をぶつけ、そこで生まれたのが帝国であることをお忘れか、欧陽詢の書は、まさにそれと同一、そう言いおった。その言葉に、むかっとなったが、返す言葉がなかった」

　太宗は苦く、笑った。

「確かに誤解だろう。そう認識はしていても、うまく腹に納まらぬ。王右軍に思い入れすぎる、ほどほどにせよ、と詢に言われているようでな。詰まるところ、詢とは肌が合わないということだ。理屈では解らん」

　今度は、太宗は声をあげて笑った。

　遂良、今宵はこれまでだ、と言い、今宵は王右軍と過ごすつもりだと言って、文箱から蘭亭序草稿の巻子本を取り出した。褚遂良は、炉に炭をつぎ足しておきます、と言うと、太宗はうん、と生返事し、草稿に見入っていた。遂良が書房を出る挨拶をしたが、太宗の心はすでに永和九年（三五三）の三月、会稽《かいけい》山陰の地に飛んでいて、返事はなかった。

近習の部屋に戻ると、二人の同僚が、陛下は寝所に向かわれるか、と期待を込めて尋ねた。遂良は、書房にお泊まりになります、と言った。二人は残念そうな表情を隠さなかった。一人が、宿直の侍衛に伝える、と言って、部屋を出た。少しして、通路に十数人の侍衛が警備につき、皇帝執務の間の扉が閉じられた。

どれほど、時が経ったのか、褚遂良はふと、目を覚ました。太宗が書房にいるときは、眠ることはなかったが、今宵はどうしたことか、とぼんやり思った。後の二人も卓にうつ伏せになり、寝入っていた。おかしいな、と思ったが睡魔には抗えなかった。影が、と思ったが、何かが顔を覆ったような気がし、そこで意識は途切れた。

鍾天傑は天井裏で時を待っていた。

天傑がこの天井裏に身を伏せた前回から、二か月近い日数が経っていた。天傑はある秘薬を求めて、大庾嶺山中の鍾一族の元を往復していた。そして、再び甘露殿の天井裏に臥せて、半月近くが経っていた。

この間、天傑は天井裏で皇帝の行動を粘り強く窺っていた。皇帝の書房に秘薬を仕掛けるためだった。

皇帝が寝所で就寝し、書房に主がいない夜に秘薬を仕掛ける。次の夜、皇帝が書房で就寝することを見越しての仕掛けだ。

その仕掛けとは、香炉の種火に仕込まれた秘薬が、種火に火を付けてしばらくして、それが作用するというものである。ただ、そこに至るには壁が塞がっていた。

前夜に仕掛けた種火が、翌日の夜、書房で過ごす皇帝が、自ら種火に火をつけることが、確実に成されなければならない。

この半月の観察で天傑は、皇帝が三夜、または四夜続けて、寝所で就寝すると、翌夜は必ず書房で一夜を過ごすことを知った。

だが、天傑は皇帝が、書房で夜を過ごすとき、香を焚くかの確信はなかった。皇帝がその日の日中に香を焚けば、それは失敗となる。二度とこの手は使えない。半月も様子を見たのは、その確信を得るためだったが、そこまでは至らなかった。

ただ天傑は知らなかった。

太宗が夜の書房で長孫皇后が好んだ伽羅の香を焚くのは、皇后を偲ぶためである。そればかりではない。伽羅の香を焚いて皇后と共に蘭亭序草稿を見る、その空想は、太宗の心を癒す。このことを知る者は誰もいない。

太宗がその時以外にこの香を焚くことはなかった。

この夜、天傑は実行に移った。前夜、天傑は主のいない書房に入り込んで、白磁の香炉の種火を秘薬を仕込んだ種火に入れ替えていた。天傑にとっては、危うい賭けであった。

種火が燃え、伽羅の香りが漂い、しばらくするとその香りにわずかな変化が生じる。ただ、その変化を嗅ぎ取ったときには、深い眠りに誘われている。種火には鍾一族に伝わる麻酔剤が練りこまれている。

鍾一族は狩猟で負傷した者を外科的治療する技を取得していた。その手術の際、その秘薬を火であぶり、発生した気体を患者にかがせ、眠らせる。

秘薬は後漢、魏で活躍し、後の世に神医と呼ばれた医師華佗《かだ》が作った麻酔剤麻沸散《まふつさん》を改良したものだった。

華佗は請われて魏の曹操の典医となったが曹操の怒りを買い、非業の死を遂げたと伝わっている。しかし、鍾一族の言い伝えは違っていた。

華佗は曹操の迫害から南嶺山脈に逃れ、大庾嶺山中の鍾一族に密かに身を寄せた。華佗は種々の薬草を鍾一族から調達しており、浅からぬ縁があった。

鍾一族の外科的治療は華佗の指導で身に付けたもので、特に麻酔剤は華佗が編み出した麻沸散を改良し作られたものだった。麻沸散は薬草曼荼羅華《まんだらけ》をもとに作られたものだが、鍾一族はそれをもとに、幾世代にもわたって改良を加えた。

麻沸散に穿山甲《せんざんこう》の脾臓、肝臓と各種薬草の根をすり潰し、混ぜ合わせたものから液汁を絞り、それを沈殿させ、粉末とする。その粉末を芥子の実から採取した液汁で練り固形化する。それを火であぶって気化させ使用するという麻酔剤を作り上げていた。

書房から何かが落ちる音が微かに聞こえた。天傑は穴から覗いた。うつ伏せした背が見えた。

天傑は移動した。近習が控える部屋の天井裏に耳を当てた。人が動く気配はない。卓に向かって、うたた寝しているかもしれない。天傑は天の助けと思った。前夜、部屋の隅に位置する天井板にあけた穴を覗いた。真下には置炉が置かれている。置炉には銅製の網が被せられている。

天傑は背嚢から竹筒を取り出した。竹筒には麻酔剤を芥子の花から抽出した精油に溶かした液剤が入っている。天傑はそれを麦わらで作った細管で吸い取ると、穴に差し入れ、麦藁の口を押さえていた親指を離した。液剤は炉の炭に注がれるとすぐに気化した。念入りにそれを十数回繰り返した。しばらくして、天傑は隅にある嵌め込み式の天井板をゆっくりと外した。三人の近習は卓に伏せ、深い眠りに入っていた。部屋に降りた天傑は、迷わず書房に向かった。

太宗は卓にうつ伏せていた。足元に開いた巻子本が横たわっていた。それを手にすると、天傑は、さっと目を通し、すぐに巻いた。背嚢から別の巻子本を取り出すと、開いて太宗の足元に広げ置いた。

近習の間に戻ると、近習の一人が、むくっ、と身体を起こした。天傑は近習の背後に回ると、懐から絹布を出し、その鼻に近づけた。近習は首が折れるように卓にうつ伏せた。

その夜の未明、欧陽詢の屋敷塀を越える天傑の姿があった。

七　落葉帰根

かなりの時間、三人は黙ったまま、それを見続けていた。褚亮《ちょりょう》の大きなため息にも、二人は何も反応しなかった。

「これからですな」

沈黙にいたたまれないかのように褚亮が口を開いた。虞世南《ぐせいなん》と欧陽詢《おうようじゅん》は、はっとしてそれから目を離した。

「十日が経っていますが、陛下はお気づきになられてはいないのか」

褚亮は不可解とも、不安とも解らない物言いをした。

虞世南の書房だった。

欧陽詢から、お会いしたいという連絡が入った時、二人は実行された、と即座に思った。床に伏せていた虞世南は、二人がこのまま寝所でという言葉を遮り、書房に案内した。

蘭亭序草稿の真蹟を前にして、虞世南は複雑な気持ちにいた。師の永禅師の願いを砕き、真蹟を公にした原因の元は自分にある。だが、幻の書だった真蹟が現実の書として人々の前に現れた。

皇帝陛下はそれを精密に複製させ、人々の目に触れることになった。また、信本殿《しんぽん》と自分に臨書させ、近いところでは褚遂良《ちょすいりょう》にも臨書させたと聞いた。皇帝陛下は蘭亭序草稿を世に広く知らしめた。これは師の意思を超えた天の意思である、虞世南はそう思った。

だが、そう納得しても、師への裏切りの感情と自責の念は消えない。消えないまま、真蹟を陛下が私有されようとしている。やはり、これは天の意思に非ず。

「信本殿、陛下が偽蹟と気づかれたとしても、この真蹟を陛下に返すことはなりません」

虞世南のしゃがれた声だったが、意思は断固としたものだった。

「もとより真蹟は人質同様。陛下が天下の至宝としてお認めなければ秘匿されるとだけ言うつもりです」

「命を賭すことになります」

褚亮の声は上ずっていた。

「信本殿、真蹟の人質も限界ありです。草稿の真蹟は天下の至宝で、私有せず。それを陛下が理解されたとしても、いずれ副葬されるでしょう。近臣たちにとって陛下ほどの思い入れはない。たかが一巻の書だが、陛下にとってはかけがえのないもの、偉大な皇帝陛下の副葬品とするは当然と、近臣たちは考えるでしょう。皇帝の存在は一私人に非ず、という理屈です。草稿真蹟はいずれにせよ、副葬されます。知りません、というだけの言葉しかないでしょう」

虞世南は力を絞り出すように言った。しばらくして、欧陽詢が口を開いた。

「陛下から御下問があっても、知りませんと言います」

欧陽詢は淡々と言った。

「病に伏せておられる伯施《はくし》殿にはご下問はないでしょうが、私にはあると考えます。知りません、と答えましょう。長い命の果ての最後の言葉になりましょうぞ」

褚亮は笑って言った。

「さて、厄介なのは、この真蹟。いかがしましょう」

褚亮の問いに二人は、戸惑った表情を見せた。二人の表情を見て、褚亮はいたずらっぽく笑って、

「何のことはないです。元あった所に戻せば済むことです」

「元とは、永欣寺《えいきんじ》のことですか」

欧陽詢は聞いた。

「そうです。弁才禅師は長安に招かれましたが、永禅師の遺命を守ることができず、長く悶々として過ごされていたと聞きました。先年、永欣寺に戻られました。この真蹟の落ち着き先もまた、江南の地でしょう」

虞世南は、師の遺命を守ることが果たせなかった弁才禅師の苦悩を慮った。

「元に戻しましょう」

虞世南は少し気が晴れたような気持ちで言った。

「江南の地に戻るのですね」

欧陽詢は思い入るように言うと、大きく頷いた。

二日後、虞世南は心臓の発作を起こし、一時危篤状態に陥った。しかし、奇跡的に意識を取り戻し、持ちこたえた。

それを知らされた太宗は見舞いの使者を遣わし、未だ王書法伝授されるに至らず、回復し私に伝えてほしい、と伝えた。

その夜、太宗は褚遂良を書房に呼び、虞世南について語り合った。一時を越す時があっという間に過ぎた。太宗は満足して褚遂良を下がらせると、今までの会話の余韻を楽しむように、蘭亭序草稿を開いた。

草稿に目をゆっくりと移動させた。初春の江南の山々が意識に流れていく、だが、何かしら違和感があった。何だろう、太宗は巻子本《かんすぼん》をしっかり開き、姿勢を正して、草稿に目を遣った。

王羲之の息遣いは感じる。その筆勢はありのままの自由で雄々しい。王右軍《おうゆうぐん》のまさにそれであるが、何かそこに装いがある、いや、いや装いではない。雄々しいなかにある厳しさ。これは王右軍にはない。この厳しさは自由な雄々しさを削ぐが、どうしたことか、雄々しさが公正さを帯びる。その勢いはとぐろを巻く龍が天門に招かれ、今まさに飛ぼうとする姿。

愛でて倦くことをおぼえない、見ててその果てを知らない王右軍の書とは違う。これは偽蹟。だが、そう言い切っても、目を離さなかった。

これは王右軍が心地よい酔いのなかで書した自由さとは別物。もちろん臨書ではない。王右軍の酔いのなかに冷静な意識が入り込んでの書。太宗は認めたくはなかったが、王右軍と並ぶ書、視点を変えれば、それ以上かもしれない、そう思った。

倦くことをおぼえないが、目を逸らしても、再び目が吸い寄せられる、皇帝たる者、雄々しさのなかに、自らに対する厳しさを備えよ、そう、この書が語る。

これは欧陽詢の手になる書、太宗は断じた。

装丁された巻子本は、瓜二つ。真新しく作られたものではない。真蹟が装丁された時と、同じ時だと思うのが自然。なぜに、疑問が次から次へと湧いてきた。欧陽詢を問いただすしかない。

だが、あの欧陽詢は真本とすり替える謀《はかりごと》を思いつく者ではない。二人の者たちの顔が浮かんだ。虞世南は天下の至宝、蘭亭序草稿を公管理に委ねる必要性を説いていた。皇帝陛下といえども私するものに非ず、と面と向かって言われた。だが、虞世南は策士ではない。

褚亮、弁才優れたあの者は、軽口を叩くことは多いが、実行力はある。弘文館学士であるが、深慮遠謀にかけてはあの者の右に出る者はいない。策士である。

太宗は、はた、と気づいた。あの者たち三人は一体。あの者たちが成したことか、太宗は思った。

では、すり替えは、いかにして行われたか。五日前の夜、褚遂良《ちょすいりょう》と王右軍の尺牘《せきとく》を材にして語り合った後、開いた草稿は確かに真蹟であった。それから、今宵まで真蹟は目にしてはいなかった。すり替えはこの五日の間だ。太宗は不吉な思いを抱いた。すり替える者がいたとしたら、褚遂良しかいない。あの三人の命を引き受けたとすれば、遂良も草稿の私有に異を抱いていたのか。

太宗は疑心暗鬼に陥ることをかろうじて抑え、記憶の糸をたどった。

五日前の夜、太宗は草稿に目を遣っていた。伽羅の香り、その香りは今も太宗の鼻腔をくすぐっている。太宗は思った。あの時、伽羅の香りに混じって甘い香りがした。白檀の香りが混じったのか、そこで意識が途切れた。

あの夜、太宗は冷気に身を震わせ、目覚めた。置炉の火は消え、部屋の灯りも消えていた。どれだけ時が経ったのか、解らなかった。未明、それも夜明けが近いか。

かったことだ。

書房を出て、執務の間から近習の者たちを呼んだ。返事はなかった。未だかつてなかった。

執務室の扉を開けると、近習の部屋からは灯りが洩れていた。声をかけた。返事はなかった。太宗は近習の部屋に入った。三人の近習たちは卓にもたれたまま、寝入っていた。それも深い眠りだということは手に取れた。太宗は褚遂良の肩に手をかけ、揺すりながら声をかけた。遂良の眠りは特に深く、その口元に微かな甘い匂いがした。

三人が目を覚ましたが、意識がはっきりするまでに、さらに時を要した。三人が、目の前の人物が太宗と気づき、驚き、平伏した。寝入った不覚を思うと、頭を上げることができなかった。珍しいこともあると言って、太宗は笑いながら三人を立ち上がらせた。

今、太宗は気づいた。すり替えはあの夜だったと。自分を含めて、近習の者たちの深い眠りは自然な眠りではなかった。

太宗は偽蹟に目を落とした。長い時間、繰り返し目を通していた。これも、よし、太宗は苦く笑って言うと、偽本を巻いて、文箱《ふばこ》に納めた。

この後、太宗がそれを開くことはなかった。寝所に移動するときも、それは書房に置くようになった。太宗が、それを昭陵に携えたい、ということも口にしなくなった。

それから十二年後、貞観二十三年（六四九）、太宗が没した。

即位した高宗は、蘭亭序草稿を当然のこととして、昭陵に副葬した。高宗は父太宗が母の皇后と共に、蘭亭序草稿を前にして、仲睦まじく語り合う姿を思い描き、涙を落とした。

蘭亭序草稿をすり替えられた翌年、貞観十二年（六三八）の春、虞世南が危篤状態になった。太宗は密かに忍んで虞世南の屋敷を訪ねた。この一年、蘭亭序草稿のすり替えはなかったことのように、三人とも甘露殿からの呼び出しはなかった。

太宗の見舞いに驚いた虞世南は、身体を起こそうとした。太宗はそれを押しとどめ、近習の者たちを遠ざけた。二人きりになると、虞世南は口を開き、何かを訴えようとした。太宗は虞世南の手を強く握り、世南、解っておる、案ずるには及ばず、心安らかに、と耳元でささやいた。

虞世南は、太宗を見つめ、力ない手で太宗の分厚い手を握り、静かに目を閉じた。閉じた目から涙が一筋流れた。

貞観十五年（六四一）晩春、江南太湖のほとりを南に急ぐ、若者がいた。若者は長安からの旅人だった。商人風の旅姿で柳で編んだ箱を背負っていた。編み笠の下の顔はきりりと引き締まり、長旅の疲れはいささかも浮かんでいなかった。

鏡のような水面に水鳥が波紋を描いた。遥かな対岸は霞がかかり、その輪郭は、おぼろげだった。空は薄どんよりし、日差しは遠慮がちにそそいでいた。

若者の額は、少し汗ばんでいた。梅雨が近いと若者は肌で感じた。湖面の先に、伽藍が臨まれた。永欣寺である。

永欣寺住職弁才は、若者と対面した。取次の僧から、長安の東市で紙を扱う店の雇い人だと聞かされていた。若者は江南に紙の買い付けの途中だと言い、主人の命で、弁才禅師に届け物を持参するため寄ったと言った。

弁才は六年前、太宗に願い出て、長安を去り、永欣寺に戻った。蘭亭序草稿が太宗の許に届いた礼として、長安の大寺の住職として迎えられた。だが、師の遺命を守られなかった弁才にとって長安は苦悩の地でしかなかった。弁才は高齢を理由に湖州帰還を願い出た。

長身の痩せた身体、頬がこけ、苦汁を口にしたような険しい表情は、拭われない罪を背負っているかのように若者には思えた。

「そこもとの店の名は、存じおるが、その主人とは面識はござらぬ」

弁才は、若者が差し出した届け物に目を向けながら、不審な表情を隠そうとせず、言った。その物は油紙に包まれ、厳重に紐で括られ、さらに結び目には封印の証書が張られていた。

「これは我が主人が、さるお方から頼まれた品ということでございます。どういうお方かは、知らされておりません」

では、受取証を書かねばならぬな、と弁才が言うと、若者は応えた。

「それには及びません。主人はそのお方からこの物を渡した事実の確認は必要ない、すべてを委ねる、と言われたということです」

弁才は、目の前の包みが、得体の知れない、不吉な物に思えた。

「私の役目は終わりました。これにて、失礼いたします」

固かった若者の表情は初めて緩んだ。弁才の不可解、という表情は終始、変わらなかった。

弁才はそれを持って楼閣の三階に上がった。かつて、師の智永《ちえい》が、書房としていた間を弁才も使用していた。書房から望む太湖は春霞に包まれ、彼方の対岸はおぼろげで、不明瞭な姿しか見せていなかった。

書卓に置いた包みの紐を解くことに弁才は、躊躇していた。しばらくして、意を決したように、封印をはがし、紐を解いた。油紙を開いた。弁才の表情は固まった。心臓が早鐘のように打った。このままでは心臓が止まるのではないか、不安が過った。深く息を吸い、気持ちを落ち着かせようとした。

その巻子本は、決して忘れることができないそれだった。巻かれた紐を解こうとしたが、手が震え、思うようにいかなかった。弁才は再び息を大きく吸った。

巻子本を恐る恐る開いていった。紛れもなく真蹟のそれだった。大きなため息が漏れ出た。それを目で追っていた弁才の表情は次第にやわらぎ、穏やかになっていった。

誰が、何のために、疑問が突然湧いた。弁才の表情が一瞬にして険しくなった。謀か、不安が取って代わった。あの若者は何者、と思い返したが、役目を果たした若者のほっとした表情だけしか浮かばなかった。やはり、ただの使いの者だ。

弁才は、はたと思いついた。これは元あったところに戻されたのだ。それができるのは、手元に置かれていた皇帝陛下しかいない。弁才は、それは突拍子もない考えと、ちらっと思ったが、その答えに納得できた。

なぜに？　陛下は、私することを断念されたか。しばらく考えていた弁才は、それは王羲之をこよなく愛するため王家の遺命を尊重された、と理解した。弁才はその理解が真実と思った。

弁才は、蘭亭序草稿の巻子本を再び油紙で包んだ。その包みに貞観十五年晩春、皇帝陛下から戻された旨を書いた紙片を入れた。包みは厳重に縛られ、結び目に封印の証書を張った。

弁才はその包みを元あった場所、書房の天井裏の梁に穿った溝に納めた。弁才がその包みを再び開くことはなかった。

その年の陰暦八月末、長安の秋の訪れは早かった。陽が落ちる頃になると、涼風が欧陽詢の書房に入ってきた。門を閉じる太鼓の連打が響き渡ってきた。

三年前、虞世南の危篤の床に、欧陽詢と褚亮が呼ばれた。虞世南は二人の手をとり、お許しを頂いたと消え入る声で呟き、目を閉じた。涙が一筋流れ落ちた。二人はその意味を解した。

今、欧陽詢は行書千字文《せんじもん》を書き終えたばかりだった。

一月《ひとつき》前、蘭亭序草稿を永欣寺に無事に届けたと、鍾《しょう》天傑が知らせた。欧陽詢は重い荷が肩から下りたようにほっとした。前から気になっていた行書千字文にとりかかった。

行書千字文を見ながら、欧陽詢は脳裏に刻み込まれた蘭亭序草稿と重ね合わせた。自然と笑みがこぼれた。王羲之が戻ってきて、素直にその懐かしさに浸った。これを最期の書とする、欧陽詢はそう固く決めた。

五日後に、欧陽詢は妻子を伴い江南に旅立つ。鍾慶が長男の天善を江南に赴かせ、欧陽詢の両親の墓の所在を探り当てた。安徽《あんき》の黄山に近い山間の寒村だという。

欧陽詢は江南のその地が終焉の地となるだろうと予感した。

江南に生まれ、離れ、再び戻り、死す、葉落帰根の我が身を王羲之の書の戻った今の思いと重ねた。

唐突に、遥か昔の母を追い求める甘酸っぱい恋しさが蘇った。欧陽詢はその想いの出現に戸惑いながらも素直に受け入れた。その表情は柔らかく、幼児のような微笑みが浮かんでいた。

太鼓の連打の最後の一打が鳴り終えた。

〈了〉

著者プロフィール

土屋 伸 (つちや しん)

1946年生まれ
愛知県在住
早稲田大学第二文学部・立命館大学文学部卒業
公立小・中学校・私立高校の教職に就く

老耄《ろうもう》の謀叛《むほん》 蘭亭序草稿異聞

2021年11月15日 初版第1刷発行

著 者 土屋 伸
発行者 瓜谷 綱延
発行所 株式会社文芸社
〒160-0022 東京都新宿区新宿1－10－1
電話 03-5369-3060（代表）
03-5369-2299（販売）

印刷所 株式会社暁印刷

ISBN978-4-286-23036-8